COLLECTION FOLIO

Remo Forlani

Au bonheur des chiens

Éditions Ramsay

Remo Forlani est né à Paris en 1927. Il est scénariste, dialoguiste et réalisateur.

Auteur dramatique, essayiste (*Les gros Mots*, Grand Prix de l'Académie de l'Humour, 1973), il est aussi journaliste et chroniqueur de cinéma. Il est ami des bêtes (chats, chiens, éléphants).

Pour Jacqueline, avec amour.
Pour Lucie, avec amour
(et avec des excuses).

Plus j'y pense et plus je me dis que je n'ai vraiment pas été gentil avec la cousine Aurore.

Trois visites en vingt ans c'est peu. Très peu.

Mais il y avait ces petits verres de « vin de santé » — à la fois écœurant de douceur et amer comme chicotin — qu'il fallait forcément boire et trouver délicieux. Mais il y avait ces discours interminables qu'elle vous infligeait sur les séquelles — à l'en coire, chaque jour plus désastreuses — de la séparation de l'Église et de l'État. Mais il y avait la saleté repoussante de cette ruine grotesque qu'elle s'obstinait à appeler son château. Mais il y avait ces chiens.

Alors là, les chiens de la cousine Aurore... Quatre bichons apparemment aussi vieux qu'elle, fleurant la malpropreté et le pipi et toujours à souffler, rogner, bavoter, montrer les dents. Quatre bichons hideux nommés Anjou, Valois, Béarn et Orléans.

J'aurais pu, en me gendarmant, passer sur le « vin de santé », les rabâchages et la crasse. Mais affronter Anjou, Valois, Béarn et Orléans était au-dessus de mes forces. Par leur faute, à ces petits monstres obèses et si mal embouchés, quand j'appris la mort de ma cousine, cela faisait sept longues années que je n'avais pas franchi le seuil du château de Fougère-Avizoir.

Un château dont j'étais, le notaire m'en avisait en même temps que du décès, le seul et unique héritier.

Oui. Parce que la vieille dame trouvait ses autres parents encore moins aimables que moi — qui pourtant ne l'étais guère, au moins avec elle — j'héritais du château avec ses trente-sept pièces, son mobilier, ses œuvres d'art, ses écuries, son colombier, ses terres, son étang, son petit bois de hêtres et sa chapelle, dite chapelle Saint-Martin parce que la tradition voulait que le futur évêque de Tours y ait confessé, par une nuit de pleine lune, un habitant de Vouvray qui avait noyé sa femme dans une cuve de moût.

J'héritais aussi d'Anjou, Valois, Béarn et Orléans. Ça, c'était le hic.

Ma première réaction fut de refuser le tout, de laisser l'État (que la défunte estimait si peu) s'emparer et du château et des biens meubles et des terres et des quatre bichons qu'il expédierait à coup sûr à la fourrière.

Jeanne, ma tendre épouse, me fit observer qu'il serait plus humain d'accepter l'héritage et de confier les quatre orphelins à un brave homme de vétérinaire qui saurait mettre fin — scientifiquement et sans souffrances inutiles — à leur vieillesse et à leur chagrin sûrement immense.

Jeanne a toujours été d'une grande délicatesse. Et l'idée de refuser un héritage, fût-il « piégé », la révulsait.

Nous nous rendîmes donc sans tarder à l'étude de maître Letousseur, notaire à Noisilles, un village de deux cent treize âmes situé comme le château de cousine Aurore sur la rive nord de la Loire, entre Amboise et Tours.

Car j'étais l'héritier d'un château de la Loire !

Bien sûr, il allait falloir emplir des tonnes de paperasses, acquitter des droits de succession particulièrement raides. Mais... Châtelain... ça pouvait faire rêver, non ?... Surtout Jeanne, qui réclamait depuis si longtemps la fermette, la maisonnette, la cabane même où elle pourrait s'offrir de temps en temps un bon petit week-end.

Elle faillit s'évanouir de bonheur quand elle vit maître Letousseur sortir de son coffre une douzaine de clefs dont la plus petite — longue comme mon avant-bras — devait peser un bon kilo. C'était la clef de la chapelle.

— Une chapelle qu'il faudra retaper complètement, dit maître Letousseur. Elle date du XIVe et votre parente n'était pas très portée sur les réparations. Le château aussi aura besoin de quelques travaux.

Comme la cousine Aurore, le notaire disait « le château ».

Le mot ruine eût été plus convenable. En sept ans, la saleté, la misère avaient fait des progrès prodigieux : que des fenêtres (en tout cent deux) sans vitres, plus une tuile sur les toits, des planchers mangés par des générations et des générations de bêtes friandes de planchers Versailles, des murs crevassés, fissurés, effondrés, des cheminées bouchées, des escaliers sans rampes avec des marches périlleuses. La cousine nous léguait aussi quelques lits aux sommiers défoncés, un réchaud à alcool (rouillé mais en état de marche), un fauteuil Louis-XV plutôt joli mais truffé de punaises, une batterie de cuisine cabossée, dix ou douze tableaux tellement encrassés par les chiures de mouches, le noir de fumée et autres dégoûtations qu'il était impossible de voir si c'étaient des portraits ou des paysages, environ trois mille numéros du bulletin paroissial du diocèse de Tours classés dans l'ordre chronologique, onze des vingt et un volumes de l'édition originale des œuvres complètes de Fénelon, au moins cinquante bouteilles de « vin de santé », un « Saint Georges terrassant le dragon » sans bras ni dragon, et plusieurs malles pleines de boutons dépareillés, de lainages mités, de tabliers en loques, de dentelles jaunies, de brosses à cheveux, épingles à cheveux, peignes plus ou moins édentés, et objets de piété divers : médailles miraculeuses, missels, recueils de cantiques, sacrés cœurs sanglants, chapelets aux grains usés, scapulaires...

Sans oublier les chers petits toutous qui étaient occupés à éventrer la bergère recouverte de brocart mité sur laquelle se tenait ma cousine lors de mes trop rares visites. Les poils emmêlés, poussiéreux, crottés, puants, furieux d'être dérangés alors qu'ils s'occupaient si bien et si utilement, ils se dressèrent et nous montrèrent les crocs. Prêts à fondre sur nous et nous manger tout cru.

Jeanne avait raison. Il fallait trouver d'urgence un bon euthanasiste.

Si j'avais pu penser, ce jour-là, qu'Anjou, Béarn, Valois et Orléans mourraient de leur belle mort... Bien des années plus tard.

Et que je les pleurerais.

C'est Orléans qui est mort le dernier. En brave. Affrontant, alors que ses deux pattes arrière ne le portaient plus, une tribu de mulots, vipères ou quelques autres bestiaux aussi malfaisants...

Mais nous n'en sommes pas à la mort héroïque du bichon Orléans.

Nous en sommes à notre première visite du « château » sous la conduite d'un notaire qui, lui-même, n'en connaissait pas les innombrables et sordides recoins. Tenant à bien nous montrer tout, il ouvrit la marche, se frayant un passage à travers d'épais rideaux de toiles d'araignées, réveillant des familles de souris, de rats même, tout étonnés de voir du monde. Visite qui nous prouva qu'il y avait encore bien des misères, débris, rognures et rogatons à découvrir dans ce fichu tas de pierres. Visite qui excita très fort mon épouse.

— C'est si grand, si ancien. Et beau. Rien que ce grenier avec toutes ces poutres...

— Ces chauves-souris surtout ! Là, elles dormaient. Mais sitôt la nuit tombée tu peux être sûre qu'elles se déchaînent.

— On les chassera, les chauves-souris... Et puis les caves, Julien, les caves ! Tu as entendu ce qu'a dit maître Letousseur ? Il a dit qu'en déblayant, on devrait pouvoir retrouver l'entrée du souterrain qui, pendant la Terreur...

— Il doit être bondé de cadavres de Chouans, ton souterrain.

— Les Chouans, c'était en Vendée, pas ici. Et puis...

Et puis Jeanne le voulait, ce château. Absolument.

Elle le voulait tellement qu'elle prit l'affaire en mains. Une femme d'action, Jeanne !

Qui décida (quasiment sans m'en informer) que le moment était venu pour moi d'abandonner mes fonctions (lucratives et bien plaisantes de critique cinématographique à la Radio) et de me retirer sur *mes* terres pour y rédiger bien au calme mes œuvres complètes. Qui décida que notre coquet appartement parisien était désormais indigne de nous et qu'il fallait s'en défaire d'urgence. Qui décida de tout !

Et tout se mit à aller très vite.

Aiguillonné par Jeanne, maître Letousseur dénicha l'expert idéal. Un parfait gâteux qui certifia sur l'honneur que le château de la cousine était tout ce qu'on voulait sauf un château. Il le qualifia d'ancien bâtiment d'habitation pouvant, éventuellement, être reconverti en hangar, remise pour grains et fourrages ou en matériaux dits « de casse ». Il déclara les terres incultivables et poussa la bonté juqu'à signaler sur son expertise qu'aucun des arbres fruitiers poussant sur les terres (incultivables) du domaine n'était plus en état de produire le moindre fruit et que l'eau du puits était inconsommable. Grâce à quoi, maître Letousseur put déclarer aux services intéressés une « valeur globale » tout à fait dérisoire. Grâce à quoi les droits de succession furent réduits à une somme à peine honnête.

Ceci fait, maître Letousseur (quel saint homme !) mit Jeanne en rapport avec des bricoleurs du coin, un papa tchèque et ses trois fils — les Nevedziewjz — des costauds n'aimant que travailler, très polis, très propres et ne voulant surtout pas entendre parler de la TVA (qui a tôt fait de conduire à la ruine quiconque recourt aux services d'un artisan).

Encouragés par un acompte tellement raisonnable que ça avait l'air d'une aumône, ces aimables Tchèques se mirent aussitôt à l'ouvrage. Avec tant d'ardeur qu'il ne fallut pas trois mois pour que le rez-de-chaussée de *mon* château devienne quasiment habitable.

Pendant ces trois mois, moi, je m'occupai à bazarder notre appartement (estimé par un expert — pas du tout gâteux celui-là et habilement endoctriné par une Jeanne qui savait exactement combien elle en voulait), notre parking et pas mal d'autres choses. Le parking partit comme par enchantement. A peine l'annonce collée sur la vitrine du boulanger, il était vendu. Ce qui fit que Jeanne ne sut plus où garer sa voiture et que nous récoltâmes un fameux paquet de papillons. Pour l'appartement, ce fut plus coton. Je reçus une cinquantaine de couples intéressés. Des jeunes mariés, de futurs jeunes mariés, des concubins notoires (je ne saurai jamais dire pourquoi, mais ça se voyait comme le nez au milieu de la figure, qu'ils étaient concubins), des provinciaux que les circonstances (un deuil, une mutation professionnelle, la retraite) catapultaient dans la capitale, des gens plutôt âgés qui logeaient depuis toujours dans des endroits qui leur convenaient parfaitement mais qui, avec l'âge, se mettaient à avoir envie (pour ne pas dire besoin) d'un ascenseur, deux artistes peintres hollandais (un couple d'hommes) qui en avaient plus qu'assez de peindre des moulins et des tulipes et qui pensaient que Paris pourrait leur offrir des sujets neufs. Ils étaient très sympathiques, les homos des Pays-Bas. Je les fis asseoir dans le canapouf du living, on but du coca, on parla de Van Gogh. Ils auraient aimé faire affaire avec moi. Mais c'était trop bas de plafond pour des peintres. Surtout pour celui des deux qui s'appelait Jacob et ne pouvait s'exprimer que sur de très grands formats. Finalement, nous vendîmes à des gens du Nord, de Tourcoing, si ma mémoire est bonne. Ils étaient sinistres, me dirent tout net que l'appartement était moche mais que la vue leur plaisait et que, de toute façon, ils étaient trop pressés pour chercher quelque chose de bien.

Et un barbu ricaneur (et escroc) qui avait un stand aux Puces « consentit à me débarrasser » de nos quelques meubles design que j'adorais mais qui — Jeanne dixit — « n'avaient vraiment pas leur place dans une bâtisse où tout avait un passé ».

Durant ces trois mois, avec Jeanne, on ne se vit pour ainsi dire pas. Ou alors le soir, très tard, quand elle rentrait vannée d'avoir gratté des tomettes, débouché des tuyaux, passé des poutres au xylophène, mastiqué des fissures, fait une douzaine de tuiles neuves avec six douzaines de vieilles tuiles, dérouillé des poignées de portes, rafistolé des machins inutiles mais récupérables, et fait la conversation aux vaillants Nevedziewjz en buvant un petit vin du pays qui ne demandait qu'à se laisser boire.

Quand on se rencontrait, comme ça, la nuit, on ne se parlait que de l'appartement (qui fut, répétons-le, assez coton à vendre) et du château. Du château pour lequel il fallait que j'aille, sans faute, le lendemain, au BHV, au sous-sol, acheter cinq kilos de clous sans têtes, quatorze tringles à rideaux de tailles différentes, un débouche-évier aussi grand que possible, des pots de peinture rose, gris pâle (ou foncé si le pâle me semblait trop salissant) et bleu Nattier, un grand pot de rebouchetout... Je notais. Soigneusement. J'allais au BHV et en revenant à pied — à pied parce que Jeanne était à Noisilles avec la voiture et qu'aucun bus, métro ou taxi ne me voulait avec mes immenses tringles à rideaux ou mes feuilles d'isorel ou mes tonneaux de peinture, colle ou mastic — je me posais des questions.

Pas des. Une question : je me demandais ce qu'allait être ma vie dans ce château. Ça fait quoi, en fait, un châtelain depuis qu'il n'y a plus de serfs à faire fouetter par son intendant parce qu'ils n'ont pas acquitté leurs redevances en nature ou en espèces, depuis que le droit de cuissage est tombé en désuétude, depuis qu'il n'y a plus de chevaliers pour venir lui demander asile, au châtelain, entre deux combats singuliers, depuis qu'il n'y a plus de troubadours pour venir lui chanter des fariboles en langue d'oïl ou d'oc, plus de châtelains voisins et ennemis pour venir l'assiéger ?

Bien sûr, j'avais vu des centaines et des centaines de châtelains dans des centaines et des centaines de films. Mais c'étaient des châtelains à châteaux écossais et hantés. Des châtelains d'épopées historiques sur écran large qui passaient leur temps à quitter leur château pour partir faire des croisades ou conquérir l'Amérique. Des châtelains à la Agatha Christie toujours en train de boire du scotch trente ans d'âge et de trouver des cadavres de pasteurs dans leur bibliothèque. Il y avait aussi, dans les films, des châtelains parvenus de fraîche date qui venaient de racheter leur château à des nobles décavés. Ces châtelains-là étaient d'une vulgarité à peine soutenable et tellement riches qu'ils se ridiculisaient en donnant des fêtes trop somptueuses, en mangeant leur côtelette avec leur couvert à poisson, en faisant toutes sortes de bourdes qui rendaient leurs serviteurs malades de rire. Il leur arrivait aussi (à ces châtelains indignes de l'être) d'organiser des orgies spécialement gratinées. Il y avait enfin les châtelains Rois des Belges ou d'Angleterre, ou Grande-Duchesse du Luxembourg. Ceux-là, qu'on ne voyait qu'aux actualités, étaient châtelains depuis toujours et presque aussi riches que les parvenus-châtelains.

Bref : je manquais totalement d'informations sur les châtelains d'occasion et pauvres.

— Pauvres ! Pauvres ! C'est beaucoup dire, objecta Jeanne, à qui je faisais part de mes réflexions tout en roulant pleins gaz direction le château.

— Tu as un peu fait les comptes, toi ? Tu sais combien il nous restera sur la vente de l'appartement, du parking et des meubles, une fois tout réglé ?

— Pas beaucoup, Julien, c'est vrai. Mais, très vite, nous aurons des légumes, des œufs. Zoltan, qui m'a l'air très ferré question jardinage, m'a affirmé que...

— Zoltan ?

— L'aîné des fils Nevedziewjz. Il m'a dit que notre terre n'était pas si mauvaise que ça. Et il m'a expliqué aussi comment on pourrait transformer la chapelle en poulailler.

— Quand bien même, Jeanne... En attendant les œufs coques et les primeurs, il faudra bien qu'on fasse un petit repas de temps en temps, non ?

— Nous, à la rigueur, on pourra jeûner un peu. C'est excellent pour la santé, un bon petit coup de jeûne. Mais bien sûr, les chiens, eux, il leur faut leur viande, leurs petites gâteries.

— Les chiens !

C'est que je les avais oubliés, les chiens. Et ils étaient toujours là. Gavés de pelures de salami et de fonds de gamelles de goulash par les Nevedziewjz (qui avaient aussi très bon cœur), ils pétaient de santé, les bichons. Et d'hypocrisie. Figurez-vous que, quand nous débarquâmes, Jeanne, moi et nos bagages, ils firent mine de nous faire fête, ces comédiens. Quatre rusés petits drôles qui avaient cru habile de se traîner jusqu'au perron pour nous y accueillir, en rang d'oignons et babines retroussées — pas pour nous signifier qu'ils étaient prêts à nous dévorer mais pour nous sourire. Ils nous souriaient, les monstres ! Le plus crotté des quatre (je ne savais pas, bien sûr, lequel était Béarn ou Valois ou Orléans ou Anjou) poussa même la rouerie jusqu'à me japper ce qui devait être des gentillesses et à me léchouiller les chaussures. Ne voulant pas passer pour une brute aux yeux des Nevedziewjz qui étaient là, en rang d'oignons eux aussi, je me retins de transformer cette vilaine bête en ballon de football et d'exécuter un vigoureux shoot qui l'aurait expédié de l'autre côté de la Loire. Mais quand, pénétrant dans le château, je vis que ce maudit chien semblait s'être juré de me suivre comme mon ombre, je fis part de mon étonnement à Jeanne :

— Tu devais les confier à un vétérinaire pour qu'il les expédie au paradis des chiens, non ?

— Si tu crois que j'ai eu le temps de m'occuper de ça. Et puis...

Je ne me méfiais jamais des « et puis » de Jeanne. Et j'avais salement tort. Les « et puis » de Jeanne préludaient toujours, sinon à une fourberie, du moins à quelque chose qui y ressemblait fichtrement.

— Et puis quoi, Jeanne ?

— Et puis je n'ai pas pu. Si tu as le cœur à mener des chiens à l'abattoir, toi, fais-le. Moi, c'est au-dessus de mes forces.

— C'est toi qui en as eu l'idée, Jeanne. Toi qui as pensé qu'un vétérinaire pourrait...

— J'ai dit ça uniquement pour te faire plaisir, Julien. Parce que je sais que tu détestes les chiens.

— Les chiens en général, je ne peux pas dire. Je manque trop d'expérience pour pouvoir me prononcer. Mais... ces quatre sacs-à-puces-là...

— Toi alors. On ne peut pas dire que la délicatesse t'étouffe. Tu crois que ça lui fait plaisir, à ta pauvre cousine, si elle t'entend, là où elle est, de penser que tu traites ses chiens de sacs-à-puces et que tu rêves de les assassiner ?

— Mais, bon sang, Jeanne, c'est toi qui as dit que...

— C'est ça, hurle, donne-toi en spectacle.

En spectacle ? Jeanne avait raison : quatre chiens et quatre Tchèques me contemplaient avec réprobation. Remettant à plus tard la question (épineuse ô combien) des bichons, j'entrepris de visiter la partie désormais vivable du château. Soyons franc : Jeanne et les Tchèques avaient fait des miracles. La porte principale luisante de vernis frais, avait une poignée qui ne vous restait pas dans la main quand on la tournait. Le hall était nu, net et propre. La pièce crasseuse et délabrée dans laquelle la cousine Aurore m'avait accueilli trois fois en vingt ans était devenue une belle salle de séjour aux murs gris tourterelle et au plancher sans trous. Le plafond n'était encore qu'une esquisse, qu'un brouillon de plafond mais on ne craignait plus de recevoir un lustre ou quelque plâtras sur la tête à tout instant. Il y avait aussi une chambre avec une fenêtre qui pouvait s'ouvrir (les deux autres étaient encore provisoirement condamnées). Il y avait une cuisine immense avec une cheminée qui tirait de toutes ses forces. Il y avait même un petit réduit qui, en attendant mieux, me ferait un bureau très convenable.

Pour prouver au papa tchèque et à ses fils que je n'étais pas qu'un braillard tout juste bon à se donner en spectacle, je leur offris une tournée de « vin de santé » et portai un toast à leur talent. Dans ma bouche, le « vin de santé » se révéla bien pire que dans ma mémoire. Mais les Tchèques le trouvèrent exquis et ne dirent pas non à une deuxième tournée.

— Langue et éreuze fie à les nouveaux jadelains ! dit papa Nevedziewjz en levant son verre.

« Langue et éreuze fie ! »

Maintenant, il est mort, papa Nevedziewjz. Mort en tombant du haut du clocher de l'église de Noisilles alors qu'il tentait de décoincer le coq qu'un violent vent sud-sud-est avait bloqué.

Papa Nevedziewjz est mort. Les quatre bichons de la cousine aussi.

Et combien d'autres chiens ?

Pas tellement, si on va au fond des choses. Une petite douzaine. Sur combien ?

Ça...

Le cinquième chien est très vite arrivé.

Comment ? Pourquoi ?

Parce que Jeanne m'avoua en dégustant notre premier dîner de châtelains, un dîner composé uniquement de maquereau en conserve et de biscottes, qu'elle ne supportait pas les souris et qu'il y avait des souris partout. Partout sauf dans les pièces où rôdaient Béarn, Anjou, Valois et Orléans.

— Tu voudrais me faire croire que ces bestiaux trop ventrus pour marcher convenablement courent après les souris ?

— Ce n'est pas qu'ils leur courent après. Mais leur odeur les fait fuir, les souris.

— On les comprend, les souris. Ils empestent, ces bichons.

— Si tu veux, Julien, demain je vais au village acheter un bon shampooing et je leur fais une grande grande toilette.

— Parce que c'est décidé, on ne s'en débarrassera pas ?

— Va faire un tour dans les pièces où ils ne mettent jamais les pattes. Tu les verras, les souris, les rats. Ça grouille. Il en sort de partout. C'est effrayant. Crois-moi, Julien, ces chiens, il faut les garder. Par respect pour la mémoire de ta cousine et parce que c'est notre seule protection contre les souris et les rats. Et puis...

— Quoi « et puis » ?

— Et puis... rien.

— Non, Jeanne, pas « rien ». Tu as dit « et puis » et quand tu dis « et puis »...

— Eh bien... Vinceslas...

— Vinceslas ?

— Le cadet de Zoltan. Il m'a gentiment proposé de...

— De quoi ?

— Il veut bien nous prêter son chien quelques jours. C'est un ratier.

— C'est pas vrai Jeanne ? Je rêve. Tu ne veux pas dire sérieusement que tu envisages d'ajouter un cinquième chien aux quatre que nous sommes déjà obligés de subir ?

— Tu préfères te confectionner un lance-pierres et t'attaquer toi-même aux rongeurs ?

— Je croyais qu'il existait des entreprises spécialisées.

— Tu sais combien ça coûte avec le déplacement, pour un château de trente-sept pièces ? Une fortune, Julien, une fortune. Et comme tu sais aussi bien que moi où en sont nos finances...

— Mouais. En tout cas, ton Vinceslas, son ratier, il peut le garder. Question chiens, nous affichons complet !

Il pouvait être trois heures, trois heures dix du matin quand je fis ce rêve étrange : j'étais à la pêche, à la pêche au gros poisson, quelque part au large de la Floride, dans un bateau tout blanc qui appartenait à Hemingway. Il était là aussi, Hemingway. En bermuda à fleurs et une bouteille de tequila à la main, il était fin saoul et déclamait à tue-tête des passages du « Vieil homme et la mer ». Moi, je pêchais. Et ça mordait. Ça mordait sec. Une belle pièce à coup sûr. Je me cramponnais de toutes mes forces à la canne à pêche, redoutant que le poisson — un requin pour le moins — ne me l'arrache. Et — patatrac ! — le moulinet refusait de tourner. La tuile ! Il fallait que je ramène le fil à la main. C'était dur, très dur. Épique. Homérique. Dantesque. Je tirais, tirais, tirais... Le poisson tirait... La ligne allait craquer. Il ne fallait pas qu'elle craque. Il ne fallait pas. Dans un effort désespéré, sans me soucier de mes paumes déchirées, ensanglantées, je tentais de sortir ce maudit poisson de l'eau. Encore un effort. Encore un effort... Je l'avais !

Mais ce n'était pas un poisson, pas le bateau d'Hemingway, pas une ligne !

C'était un rat, dans notre lit, et il tirait sur la ceinture de mon pyjama !

J'ai hurlé... Jeanne a saisi ce qui lui tombait sous la main — un marteau oublié par les Tchèques — et a tenté d'assommer ce salaud de rat pendant que je tentais, moi, de retirer ma culotte de pyjama.

L'horreur ! L'horreur à l'état pur. Pire que les pires films d'épouvante que j'avais pu voir en six ans de critique cinématographique (et je les avais tous vus !).

Le rat couinait, gesticulait, ne voulant pas lâcher la cordelière. Jeanne me donnait de grands coups de marteau sur les cuisses, les genoux, le ventre...

Que d'y penser, j'en tremble encore.

A moitié estourbi, le rat a fini par filer. Je me suis écroulé sur le lit, pleurant, hoquetant, tremblant ; à deux doigts de la crise de nerfs. Jeanne m'a serré contre son sein et dit le maximum de douceurs.

Quand le jour s'est levé, nous étions encore là blottis l'un contre l'autre, éveillés et hébétés.

A dix heures du matin, le ratier de Vinceslas entrait en fonction. Il avait toutes les qualités des Nevedziewjz, ce brave toutou. Il était rapide, efficace, il adorait son métier. Il vint à bout de sept douzaines de rats en trois jours. Des rats énormes, qu'il entassait bien proprement sur le perron après les avoir mis k.o. Les souris, il ne s'en occupait pas. Il était spécialisé dans le rat et s'en tenait là. Mais les souris ne le savaient pas et nous les vîmes s'enfuir dans la campagne, par dizaines, par centaines, par milliers.

Brno, il s'appelait, ce chien génial. Brno comme la ville natale du papa. J'étais absolument incapable de prononcer son nom, ce fut pourtant le premier chien qui m'inspira quelque chose qui ressemblait à du sentiment. Un mélange de reconnaissance, d'admiration et — mais oui — d'amitié.

Les quatre bichons, eux, le détestèrent d'office. Pour un peu, ils auraient fait alliance avec les rats et organisé un réseau de résistance à Brno dans les caves du château. Quand ils me virent lui gratouiller l'occiput en le traitant de « bon chienchien », ils comprirent qu'ils devaient se dominer très vite, sous peine d'être eux-mêmes livrés — une fois tous les rats liquidés — à la furie destructrice du chien tchèque. Alors ils décidèrent de me combler de ce que les mères-à-chiens nomment des « mamours ». Ils se mirent à me suivre tous les quatre toujours et partout. Ils se mirent à me rapporter les pantoufles que je venais d'ôter, le journal que j'avais oublié sur une chaise. Et bien d'autres choses encore. Des pommes pourries trouvées sur la pelouse, des boîtes de conserve vides dénichées dans la poubelle, des souris mortes de frayeur lors de l'Opération-Brno.

Ils étaient bêtes, ces bichons. Si bêtes que c'en était attendrissant. J'avais beau les chasser, leur décocher des coups de pieds sournois, leur lancer des pots d'eau à la gueule, les traiter de crétins, de cochons malodorants, de débiles profonds, d'ordures à pattes, ils n'en finissaient plus de me manifester respect et amour.

— Tu vois, me disait Jeanne, tu as su les prendre. Et les chiens, quand on sait les prendre...

— Je n'ai rien pris du tout. Je ne leur ai rien demandé, moi, à ces sales petites roulures.

— Tu les as pris exactement comme il fallait. Tu as été ferme avec eux. Les chiens ont besoin de fermeté. Je suis certaine que ta cousine qui devait les gâter comme pas possible, ils la méprisaient. Avec toi, ils ont trouvé le maître idéal. Regarde avec quels yeux ils te regardent.

Jeanne avait raison. Anjou, Béarn, Orléans et Valois ne se lassaient pas de m'observer. Avec admiration et adoration. Et de me tenir compagnie.

Et ce qui devait arriver arriva.

Quand — mission accomplie — le ratier Brno eut regagné la maison des Tchèques, je me surpris à gratouiller le crâne d'un des vilains quatre petits imbéciles de bichons. Et le vilain petit imbécile de bichon en question me lécha la main. Et ce n'était pas si désagréable que ça. C'était un peu mouillé, un peu rêche. Mais assez attendrissant. Et je décidai que c'était ce lécheur-là (le plus poilu des quatre) qui serait désormais Anjou. Et je décidai que Béarn serait celui qui avait la truffe de travers. Et, pour me prouver qu'il avait compris, Béarn entreprit de me lécher l'autre main. Restaient Orléans et Valois. Je criai : « Couché, Valois ! » Et celui des deux bichons qui avait envie d'être Valois se coucha.

Avais-je été jusque-là un père-à-chien qui s'ignorait ?

Le shampooing que Jeanne avait évoqué, c'est moi qui le leur fis. Dans un grand baquet. Ils n'aimèrent pas. C'est sûr. Mais ils se laissèrent faire. Ils savaient parfaitement qu'ils devaient tout accepter de moi — au moins durant un certain temps — pour que je les adopte.

Si elle m'a vu, là-haut dans son Paradis, en train de bichonner ses bichons, elle a dû être ravie, la cousine Aurore. Et surprise.

Mais pas plus surprise que moi. Parce que si on m'avait dit qu'un jour je m'intéresserais à des chiens...

C'est que je m'y suis intéressé de plus en plus. Une fois shampouinés et étrillés avec une serviette éponge, ils m'apparurent sous un jour nouveau, les bichons de ma cousine. Encore assez moches. Mais plus du tout repoussants. Et sentant l'eau de Cologne. Car, après le shampooing, ils avaient eu droit à une vigoureuse friction.

Jeanne était émerveillée de me voir jouer le toutou-sitter.

— Toi, on peut dire que la vie de château t'inspire des idées vraiment inattendues !

La vie de château ne m'inspirait qu'une seule et unique idée : ne pas m'échiner comme Jeanne à gratter des kilomètres carrés de plancher avec un morceau de cul de bouteille ou à peindre des plafonds trop haut perchés avec un roulor dégoulinant. Jeanne avait la bosse du bricolage. Moi pas. Jeanne était devenue amoureuse folle de ce château. Moi pas. Jeanne rêvait du jour béni où elle pourrait accueillir nos amis et connaissances dans un château rénové d'A à Z et propre comme un sou neuf. Moi pas. Jeanne était ravie d'avoir quitté Paris. Moi pas.

La campagne m'avait toujours prodigieusement ennuyé. Né à Paris d'un père et d'une mère nés à Paris, j'avais toujours détesté l'herbe et les arbres, les prés et les bois, la mer et la montagne. Mes plus mauvais souvenirs étaient des souvenirs de vacances. Rien ne pouvait me déprimer autant que la vue d'un champ de blé, si ce n'est celle d'un champ de luzerne. Ou de trèfle. J'eus tôt fait de comprendre que des champs et des arbres m'appartenant étaient aussi sinistres que des champs et des arbres appartenant à Pierre, Paul ou Jacques. Vous me direz : il y avait le château. C'est juste. Il y avait le château. Et le petit bureau agréable où — comme disait Jeanne — j'allais pouvoir m'attaquer à la rédaction de mes œuvres complètes.

C'était sa grande idée. Elle avait décrété dès notre première rencontre — dans une surprise-partie du côté du Trocadéro — que j'avais l'étoffe d'un grand écrivain. D'un Proust, d'un Malraux. Et pourquoi pas d'un Dostoïevski ? Elle croyait dur comme fer que je « portais en moi une belle et grande œuvre ». Elle y croyait si fort qu'elle me poussa (ce qui était plaisant parce qu'elle me plaisait) à l'épouser et (ce qui était idiot) à renoncer à travailler avec mon père dans sa fabrique d'articles de sport, pour me lancer dans la littérature. Ce qui ne me mena pas bien loin. Après avoir écrit péniblement un insipide roman qu'aucun éditeur n'eut la faiblesse de publier, j'accouchai de lamentables nouvelles de science-fiction que j'expédiai à des magazines qui me les retournèrent avec des annotations tout à fait décourageantes, puis je bifurquai du côté du théâtre : trois pièces inachevées, deux achevées et refusées par dix-sept directeurs. J'allais m'attaquer à un ouvrage historique (une vie de Nicolas Brémontier — 1738-1809 — parce que nous demeurions rue Brémontier et que personne, même dans notre rue, ne savait rien de lui) quand mon père et le père de Jeanne, qui en avaient assez de subvenir à nos besoins décidèrent de me caser coûte que coûte et où que ce fût.

Ce fut à la Radio. Parce que le directeur d'un poste périphérique fréquentait le même sauna que le père de Jeanne. Me trouvant une voix « possible » et constatant que je n'avais aucune connaissance particulière ni aucun don, ledit directeur me bombarda critique de cinéma. C'était pas fatigant, gentiment payé et me prenait assez de temps pour m'empêcher de continuer à faire de la littérature. Ce qui m'allait comme un gant. Je devins rapidement un critique cinéma ni meilleur ni plus mauvais que les autres. Je voyais mes six ou sept cents films par an. Je massacrais les uns et portais les autres aux nues. Et...

Et voilà que je me retrouvai châtelain et coincé dans le petit bureau agréable avec un stylo tout neuf, une très intimidante pile de feuilles blanches et pas la moindre idée, pas la moindre envie d'écrire.

Alors j'appelais les chiens : « Anjou !... Béarn !... Orléans !... Valois !... ». Et ces quatre petits idiots arrivaient, suffoquant de bonheur à l'idée que leur maître avait besoin d'eux. Et, au lieu d'écrire, je leur peignais les poils avec mon peigne de poche, je les étrillais, les épuçais, je leur fabriquais des chapeaux de gendarmes avec mes feuilles vierges et je leur intimais ordre de s'aligner, de « faire le beau ». Et ils m'obéissaient. Et ça me faisait rire. Et on allait faire un petit tour tous les cinq ensemble — pas trop loin, pour voir le moins de campagne possible. Et je lançais des pierres et c'était à celui des quatre idiots qui rapporterait le plus vite la pierre à son maître.

C'est très joueur, un chien.

Et très amusant.

A force de beaucoup jouer avec moi, ils perdaient presque toute la vilaine graisse qu'ils avaient accumulée en restant des années vautrés auprès de la chère cousine Aurore. Ils prirent un sérieux coup de jeune. Ils se mirent aussi, je crois, à m'aimer vraiment.

C'est très affectueux, un chien.

Et très attachant.

Ça a duré presque tout un automne et tout un hiver. Jeanne eut le temps de remettre trois autres chambres en état, de transformer la chapelle en poulailler et de la peupler d'une tripotée de volailles qui se mirent, sitôt installées, à crier beaucoup et à pondre très peu. Moi, j'eus le temps de ne pas écrire une seule ligne et de devenir tout à fait ami avec Béarn, Orléans, Anjou et Valois.

Nous descendions ensemble au village, qu'il vente, pleuve ou neige, pour acheter le pain, la viande, l'épicerie.

C'est à l'épicerie — l'épicerie Maillebourg — que *tout* se décida. J'étais en train d'hésiter entre un flan instantané au chocolat et un flan instantané à la pistache (nous étions, les bichons et moi, grands amateurs de flans instantanés) quand madame Maillebourg me révéla ce qu'elle se disait pas plus tard que la veille au soir.

— Oui, monsieur, pas plus tard qu'hier au soir, je me disais : ce monsieur qui aime tellement les chiens, c'est lui qu'elle devrait voir, madame Fourchy.

— Me voir ? Me voir pourquoi ?

— C'est une veuve, vous savez. Ça fera bientôt sept

ans que son mari est mort. Il n'était pas bien âgé. Mais fort buveur. Et rien que des apéritifs. Un colonel à la retraite. Toujours est-il qu'elle n'a plus que sa fille, qui est mariée en Angleterre, madame Fourchy, et qu'elle ne peut pas aller passer même une quinzaine chez elle rapport à son chien.

Le rapport m'échappait. Mais l'épicière m'expliqua.

— Paraît que pour vous laisser entrer un chien, en Angleterre, ils vous font encore plus de complications que pour vous laisser entrer de la drogue ou des bombes.

— Ah !

— Alors, madame Fourchy, elle trouverait quelqu'un aimant les chiens pour lui garder le sien le temps qu'elle aille voir sa petite-fille qui va sur ses trois ans et qu'elle connaît même pas encore, ça l'arrangerait rudement. Chez vous, au château, avec la place que vous avez, c'est pas un chien de plus ou de moins qui y changerait grand-chose.

— C'est quoi comme chien ?

— Un chnôzère. Il serait plutôt un peu plus gros que les vôtres. Mais très liant.

Valois, Béarn, Anjou et Orléans ne perdaient pas une miette de la conversation. Et ils comprenaient de quoi il était question. Et ils faisaient de tristes têtes. Pour leur rendre leur belle humeur, je pris deux sachets de flan instantané. Un pistache et un chocolat.

Le lendemain, profitant de ce que mes quatre lascars faisaient la sieste, et n'ayant pas plus envie que d'habitude d'écrire, je décidai d'aller voir comment c'était fait, un schnauzer.

Celui de madame Fourchy était moustachu à souhait et très accueillant. Sa maîtresse aussi. Sérieusement :

elle était très accueillante et avait une moustache très fournie pour une dame. Une dame qui avait fait ses communions privée et solennelle en même temps que ma cousine la baronne Aurore de Fougère-Avizoir.

— Nous étions de la même couvée d'enfants de Marie. C'était au temps du curé Moutard. Un saint mort à cent deux ans. Tué par un petit rhume de rien du tout. On ne s'y attendait vraiment pas. Votre cousine est partie bien vite, elle aussi. Et vous, comme ça, vous venez pour voir Trompette. C'est un schnauzer cent pour cent. Avec pedigree. Son arrière-arrière-grand-père était avec le colonel, mon époux, dans les tranchées à Verdun. Et il s'est si bien conduit que le général Pétain en personne l'a nommé « Caporal honoraire du cent soixante-sixième de ligne ». C'était déjà un Trompette. Chez nous, les chiens se nomment Trompette de père en fils. Vous pensez que vous allez me le prendre quelques jours ?

— C'est-à-dire que...

— La seule chose que je vous demande, c'est de ne pas lui faire boire d'apéritifs. Même s'il en réclame. Le colonel estimait qu'une petite cuite de temps en temps ne peut pas faire de mal à un chien. Moi, je suis contre. Quand il a bu, le chien le plus posé devient enragé, il aboie après n'importe qui, il fait le guignol, il tire la langue. Alors, par pitié, pas d'apéritifs ! Une petite goutte de vin coupé d'eau, à la rigueur. Mais que du rouge. Vous pourriez me le prendre quand ?

— Il faut que j'en parle à ma femme. Et puis... il y a déjà des chiens au château.

— Des chiens ? Vous voulez parler d'Orléans, Béarn, Anjou et Valois ?

— Oui. Les bichons.

— Bichons! Bichons! Cette pauvre Aurore n'y connaissait rien du tout. Incapable de distinguer un chien d'un chat. Moi, ses prétendus bichons, je me suis laissé dire que c'étaient de vulgaires...

Bichons ou pas, c'étaient MES chiens et je les aimais tels quels.

Je les aimais, oui! Le mot n'est pas trop fort. Depuis l'époque (déjà bien lointaine) où j'étais éperdument amoureux de Jeanne, je n'avais pas éprouvé une telle sensation. Même quand j'avais eu cette aventure avec une petite rousse délicieusement dodue qui travaillait pour la même station de radio que moi. Avec la rousse dodue, c'était strictement charnel. Pas profond. Pas senti. Tandis qu'avec Jeanne et avec ces quatre vilains chiens...

Inutile de préciser que je ne laissai pas la vieille dame moustachue calomnier Anjou, Béarn, Orléans et Valois. Je pris brusquement congé d'elle, invoquant je ne sais plus quelle course urgente à faire. Comme j'allais sortir, le schnauzer Trompette (cinquième du nom), vint frotter sa joue contre ma jambe avec une grande, très grande délicatesse.

Et je craquai.

Je dis à la veuve Fourchy que Trompette pourrait venir loger au château dès qu'elle aurait organisé son départ pour l'Angleterre.

— Un quoi? demanda Jeanne en levant à peine les yeux du « Manuel du parfait tapissier » qu'elle dévorait au lit depuis une dizaine de soirs.

— Un chien, Jeanne. Un schnauzer. Très mignon, très affectueux.

— Quand je pense que tu ne voulais pas que le chien de Vinceslas franchisse le seuil du château. Un chien qui nous a débarrassés d'au moins mille rats.

— Brno est une bête admirable qui nous a rendu un service inappréciable. Je ne manque d'ailleurs jamais d'aller lui dire un petit bonjour quand je passe devant la maison des Tchèques.

— Tu vas dire des petits bonjours à des chiens, toi ?

— Oui, Jeanne.

— Tu sais l'idée qui me vient tout d'un coup ? Quand le château sera entièrement retapé et qu'on pourra recevoir, tu sais ce qu'il nous faudra ? Une meute. Une meute pour chasser à courre.

— Nous n'avons jamais chassé. Je suis sûr que nous détesterions ça. Et puis entretenir une meute, ça doit être positivement ruineux.

— Tandis que nourrir un schnauzer, ça ne coûte rien !

— La colonelle Fourchy nous versera trente francs par jour pour ses pâtées. J'aurais été gêné d'aborder moi-même cette question. Dieu merci, c'est elle qui en a parlé la première.

— Et tes quatre petits chéris, ils sont d'accord ?

Les quatre petits chéris furent parfaits. Ils se comportèrent comme des chiens dignes de ce nom doivent se comporter en cas d'intrusion inopinée. Premier temps : ils firent à Trompette un accueil glacial, glaçant, et lourd de menace. Alignés en bas du perron, les oreilles en vrille, le poil hérissé, les crocs deux fois plus longs que d'habitude, les yeux lançant des flammes, ils firent comprendre à Trompette que, s'il avait l'inconscience de tenter de gravir les marches du perron, il était un chien mort. Calmement, Trompette se choisit un coin où l'herbe n'était pas trop pelée, il y posa son derrière et attendit. Alors, sans mollir, mes quatre braves passèrent au deuxième temps : concert d'aboiements insupportables, sarabande infernale, furieuses décharges d'adrénaline canine et tout le tremblement. Trompette, immobile sur son lopin d'herbe, laissa passer la tempête. Au bout de près d'une heure de grand grand chahut, épuisés, vexés, n'en croyant pas leurs yeux, Béarn, Valois, Orléans et Anjou abandonnèrent le perron à l'ennemi pour aller se rafraîchir un peu à la cuisine. Trompette profita de cette accalmie pour gravir sans hâte, en vainqueur, les marches du perron. Puis, tranquillement, il visita les pièces habitables, observant bien chaque meuble, chaque recoin. Un peu comme les couples qui visitaient notre appartement à vendre rue Brémontier. Il regarda longtemps Jeanne qui — des semences plein la bouche — tentait non sans mal de tendre du velours sur la carcasse de l'unique et très joli fauteuil du château. Il inspecta aussi la cuisine, reniflant au passage (d'une truffe hautaine) les jattes vides des bichons. Les bichons, qui étaient entassés sous l'évier, firent ceux qui ne le voyaient pas. Car ils en étaient arrivés au troisième temps : le temps du mépris. C'était réglé, pour eux, l'intrus n'avait désormais pas plus d'importance qu'un sachet de flan instantané vide ou qu'une arête de poisson sans poisson autour. Pour eux, au point où ils en étaient, Trompette n'existait littéralement pas. Il était carrément nul et non avenu. Quand il s'approcha de l'évier, vint les humer, pas un poil de bichon ne bougea. Pour eux, il était devenu invisible, le schnauzer. Plus transparent et immatériel qu'un ectoplasme. Alors Trompette tenta de faire admettre par les bichons qu'il était un chien, comme eux. Un chien vivant. Il aboya. Pas trop fort. Pas d'écho ! Un peu plus fort. Toujours pas d'écho ! Les bichons semblaient métamorphosés en bichons de pierre. Agacé par ce curieux manège, Trompette tendit une de ses pattes, sans brusquerie, et effleura — avec quelle délicatesse — le flanc d'Orléans. Cause toujours, mon bonhomme ! Orléans ne broncha pas. Trompette jugea venu le moment de changer de tactique. Il grogna, grogna et — hop ! — se rua sous l'évier, mordant une oreille, une queue, un ventre, donnant des coups de tête, de pattes. Pas méchamment. Mais avec assez de violence pour obliger les quatre chiens de pierre à réagir. Bernique ! Les bichons faisaient les morts. Ils se seraient laissés mâcher et avaler sans la moindre plainte par ce grand pendard plutôt que de lui laisser croire qu'ils admettaient son existence.

Là, le schnauzer fut complètement dérouté. Aucun Trompette n'avait jamais fait violence à un ennemi sans défense. C'était une tradition bien établie dans la famille des Trompette, une tradition qui remontait au vaillant « caporal honoraire du cent soixante-sixième de ligne ». Trompette rengaina donc grognements, morsures, coups de tête et de pattes. Et il se demanda si les quatre bichons n'étaient pas tout simplement morts. Morts de frayeur. Pas impossible après tout. Ce qu'il venait de faire était sûrement très effrayant pour des chiens de salon. Oui. C'était ça, c'était fatalement ça. Lui, le redoutable Trompette, avait fait mourir de peur quatre chiens d'un coup. Beau score. Plutôt satisfait, il alla piquer un bon petit somme. Sur le perron. Au soleil. Sans le moindre remords.

Trois jours plus tard, pour des raisons qui m'échapperont éternellement, Trompette devenait le meilleur ami d'Orléans et passait des heures et des heures à patauger dans une mare avec lui et à le lécher et à déterrer des os pour lui en faire cadeau.

Et Orléans rigolait tant avec ce camarade deux fois plus costaud que lui qu'il nous bouda, moi et ses frères, durant toute la fin du séjour de Trompette au château.

Séjour qui devait s'éterniser. Et pour cause. Une lettre nous arriva d'Angleterre pour nous apprendre que la colonelle Fourchy s'était cassé le col du fémur en glissant sur le parquet trop bien ciré de l'Albert and Victoria Museum et qu'elle ne rentrerait pas à la date prévue. L'idée que la vieille dame (si injuste à l'égard de cousine Aurore et de ses chiens) serait clouée dans un lit anglais pendant plusieurs semaines ne me troubla guère. Mais l'idée qu'Orléans allait continuer à préférer le schnauzer à moi me consterna.

Je n'avais plus que trois chiens pour me tenir compagnie durant mes longues journées inactives. Le quatrième me manquait. Je tentais de ramener Orléans au bercail en lui rapportant de la boucherie de Noisilles des os géants, des os à moelle, de somptueux morceaux de couenne. Rien n'y fit. Orléans se contrefichait de mes os bien gros, bien frais, bien juteux. De mes mirobolantes couennes. Il préférait à tout son copinage avec Trompette. Il ne quittait plus Trompette, il mangeait la même nourriture que Trompette, dans la jatte de Trompette, il dormait le museau sur la panse de Trompette.

Jeanne en déduisit que Trompette était sûrement un

chien à chiens comme il y a des hommes à hommes et des femmes à femmes.

— C'est monstrueux ce que tu dis.

— La Nature, tu sais...

— En admettant que ce chien de colonel ait contracté de mauvaises habitudes à l'armée... Tu ne vas pas insinuer qu'Orléans, lui aussi...

— Je n'insinue rien. Je vois. Et je dis ce que je vois. Regarde-les. Tu ne trouves pas leur posture très équivoque ?

— Non.

Non, cent fois non. Je me refusai à admettre qu'un bichon ayant grandi dans un climat de modestie et de piété et n'ayant jamais eu d'autre fréquentation que celle de ses innocents frérots, puisse avoir des penchants contre nature. Je me refusai à admettre qu'un chien, quel qu'il soit, puisse avoir ce que nous appelons (nous, les hommes, qui en avons tant) des vices. Orléans avait envie de dormir enlacé avec Trompette. Et puis après ? Lui en tenir rigueur aurait été aussi stupide que de tenir rigueur à Brno de son acharnement à tuer les rats, ou à Valois, Béarn et Anjou de chiper une tranche de rôti, une tartine de beurre ou une lampée de lait dès qu'ils en avaient l'occasion. Ils faisaient leur métier de chien, voilà tout !

— Et toi, Julien ?

— Quoi, moi, Julien ?

— Où en es-tu, toi, avec ton métier d'écrivain ?

— Où j'en suis ?

— Oui. Combien de feuilles as-tu noircies depuis que tu as ton agréable petit bureau ?

— Difficile à dire comme ça, tout de go... Combien ?

Je fais beaucoup de ratures, tu sais... Je déchire... Je réécris... Je...

— C'est quoi ?

— Quoi quoi ?

— Ce que tu ratures, que tu déchires, que tu réécris ? C'est un roman ?

— Oui, c'est ça. Un roman. Un roman qui se déroule dans un château... Un château comme celui-ci... Avec une chapelle... Plein de cheminées sculptées... un perron... des pièces... des chambres... avec de la campagne autour... Un petit bois de hêtres, un étang... Ce roman que j'écris, c'est l'histoire d'un homme... Un homme qui a à peu près mon âge et qui a une femme comme toi, très brune, très belle... Et alors... Et alors...

— Te fatigue pas, Julien. Il n'y a pas de roman. Tu n'as pas écrit une seule ligne. Je le sais...

— Si tu le sais, pourquoi me piéger avec tes questions ?

— Pourquoi ?

A ce moment précis, Jeanne explosa. Ça la prenait une fois tous les deux, trois ans. Pas plus souvent. Elle était d'un naturel calme, Jeanne, très calme, elle laissait venir les choses sans jamais s'énerver, elle supportait avec philosophie mes longues longues périodes de paresse, elle attendait patiemment que le grand adolescent que je n'en finissais pas d'être se trouve, brise sa coquille, cesse de se laisser perpétuellement porter par les événements. C'était un ange de douceur et de résignation, Jeanne. Mais... une fois tous les deux, trois ans...

— Ce salaud a le culot de me demander pourquoi ! hurla-t-elle.

Anjou, Valois et Béarn, qui étaient sous ma chaise à

mendier des bribes de pain trempé dans la sauce du bourguignon, filèrent dans la campagne sans demander leur reste. Bien calé sur ma chaise, j'attendis la suite. Jeanne était rouge comme un coq.

— Salaud ! Salaud ! Salaud ! hurla-t-elle encore.

Elle s'était levée. Elle fonça droit sur le buffet et en revint brandissant une lettre tapée à la machine.

— Tu sais ce que c'est, ça ? Une lettre de Paris. De la banque. Tu sais combien il reste à notre compte ? Dix-huit francs vingt-cinq centimes.

— C'est pas possible... C'est encore l'ordinateur qui aura fait une blague... Dix-huit francs vingt-cinq ! Tu plaisantes... Rien qu'avec l'argent de l'appartement, du parking...

— Et les droits de succession ? Et les Tchèques ? Et maître Letousseur ? Et les fournitures pour le poulailler ? Et les poules, les canards, le jars ? C'est le petit Jésus qui a réglé les factures ?

Elle était hors d'elle. Prête à me coiffer avec la marmite de bourguignon. Prête à tout. Mes jours étaient en danger. Que faire ? Ou prendre rapidement la fuite comme les bichons. Ou affronter. Je décidai d'affronter. C'est-à-dire de brailler aussi fort, voire même plus fort que Jeanne.

— Je l'avais prévu ! criai-je. Je l'avais prévu !

— Tu avais prévu quoi ?

— Je n'en voulais pas, moi, de ce château. Il fallait m'écouter. Il fallait dire non au notaire. Il fallait...

C'était parti. Moi aussi j'étais tout rouge. Et debout. Et je gesticulais. Et je donnais des coups de pieds dans les chaises, la table.

— Ce château, il fallait le refuser. Je le déteste. Il est

laid. Je m'y ennuie à en crever, dans cette saleté de château !

— Moi, je m'y amuse énormément.

— Parce que ça t'amuse de passer des journées de vingt heures à te casser les ongles, à t'user les mains en grattant, en récurant toutes les saloperies qui nous environnent ? Depuis que nous vivons dans cette ruine, je ne t'ai plus jamais vue autrement qu'en salopette et crasseuse comme le plus crasseux des égoutiers ! Tu crois que c'est agréable pour un mari. A Paris au moins...

— A Paris ! Dans quatre petites pièces sans lumière, sans air ! ! ! Pour un milliard, tu m'entends, Julien, pour un milliard, je n'y retournerais pas dans ton clapier de la rue Brémontier !

— Il n'est pas question de milliards, Jeanne. Il est question de...

— De dix-huit francs vingt-cinq centimes. Sans compter, bien sûr, les trente francs que nous rapporte chaque jour le chien homosexuel de la colonelle.

— Rien ne prouve qu'il est homosexuel, Jeanne. Et ses trente francs, il les mange.

— Non, Julien. Justement pas.

Tiens, elle s'était radoucie, brusquement. Elle ne braillait plus. Ses joues avaient retrouvé leur roseur coutumière.

— J'ai fait des comptes.

Elle retourna l'avis de la banque qu'elle n'avait pas cessé de brandir et me fit voir un gribouillis de chiffres, d'opérations...

— Regarde... Je me suis livrée à des calculs on ne peut plus précis. Calculs d'où il résulte que, compte tenu du fait qu'il fait écuelle commune avec les bichons, Trompette nous rapporte douze francs par jour. Douze francs de bénéfice. Net.

— Ça t'avance à quoi, de faire ce genre de calcul ? Hein ?

Jeanne s'assit, nous versa deux verres de vin de pays, m'en tendit un. Elle était redevenue l'amabilité même.

— Julien, réponds franchement à ma question : crois-tu que tu te mettras sérieusement un jour à l'écriture ?

— J'ai pas d'idées, Jeanne. Pas envie d'écrire. Et si je me force, je fais des fautes d'orthographe à chaque ligne et des fautes de français et ça ne veut rien dire. C'est sinistre, ce que j'écris. C'est pas intéressant. Quand je me relis, j'en pleurerais, tellement c'est tarte.

— Alors la question est réglée.

— Quelle question ?

— Celle de notre survie, mon chéri. Nous restons dans ce merveilleux château, tu renonces à tout jamais à l'écriture. Et puis...

— Et puis ?

Et puis Jeanne a fait le plein d'essence (à crédit) et elle s'est rendue à Paris. Elle est retournée dans ce dix-septième arrondissement où elle n'aurait pas voulu vivre « pour un milliard ». Elle n'y est pas retournée pour y vivre. Elle y est retournée pour aller déposer des affichettes chez tous nos anciens fournisseurs : le boucher, la pâtissière qui faisait de si succulentes tartes au citron, la libraire à qui j'achetais tous les grands auteurs (pour en prendre de la graine), la fleuriste de l'avenue de Wagram, la teinturière, la marchande de légumes de la rue de Prony... Des affichettes qui faisaient la réclame pour une PENSION POUR CHIENS, DANS UN CADRE MAGNIFIQUE ET SÉCULAIRE. UNE PENSION POUR CHIENS OÙ, disait l'affichette, POUR DES PRIX TRÈS ÉTUDIÉS (SOIXANTE FRANCS PAR JOUR POUR LES CHIENS PETITS MANGEURS ET SOIXANTE-DIX À CENT FRANCS POUR LES CHIENS GROS MANGEURS) NOS AMIS À QUATRE PATTES VIVENT UNE VIE SAINE ET JOYEUSE.

Jeanne ne m'avait rien dit de son expédition à Paris. Rien non plus de cette incroyable annonce.

Imaginez un peu ma tête quand je vis une Cadillac pénétrer dans notre domaine, stopper devant le perron et un chauffeur en livrée sortir de la Cadillac et s'avancer vers moi, une question aux lèvres.

— S'il vous plaît Monsieur, c'est bien ici la pension pour chiens ?

J'allais envoyer ce farceur au diable. Mais Jeanne survint. Souriante. Exquise. Plus en salopette, non, vêtue d'une blouse blanche que je ne lui avais jamais vue. Très « directrice de pension pour chiens ».

— Oui Monsieur. C'est ici.

Orléans ne fut pas témoin de cette scène. Il était parti chasser la taupe avec Trompette. Mais les trois autres bichons étaient là, eux. Et ils virent, comme moi, les deux yorkshires qui faisaient les singes sur la banquette arrière de la luxueuse voiture : Tic et Tac. Un kilo cinq cents à eux deux. Rubans compris. Car ils avaient des rubans roses pour retrousser les franges de poils qui les auraient empêchés de voir. Ils avaient aussi des paletots en drap écossais.

Béarn fut tellement dégoûté par cette vision

clownesque qu'il fit brusquement demi-tour et partit, faire une petite balade. Quant à Anjou et Valois... ils eurent ce qu'il faut bien appeler une crise de fou rire. Ils ouvrirent tout grand leurs gueules et se mirent à glousser, glouglouter, postillonner, hoqueter, tousser et ils tremblaient de tous leurs membres, trépignaient, s'écroulaient l'un sur l'autre... Ils riaient, c'est sûr et certain. Ils riaient parce que c'était vraiment trop drôle. Ils riaient à en mourir, les pauvrets !

Et ce fut contagieux : les chiens de pas même un kilo l'un, les microscopiques terriers du Yorkshire se mirent à rire eux aussi. Mais à rire. Mais à rire. Écroulés sur leur vaste banquette, sur le dos, agitant leurs pattes de puces, ils s'en payaient une si bonne tranche qu'ils faisaient plaisir à voir.

Comme dit Jeanne au chauffeur : « Ici, c'est un vrai paradis pour les chiens. Voyez comme ils s'amusent déjà avec leurs petits camarades. » Le chauffeur ne put qu'admettre que l'ambiance avait l'air excellente. Il remit à Jeanne des paletots et des rubans de rechange, quelques jouets coûteux auxquels Tic et Tac étaient très attachés, de l'argent (le règlement de « la Pension » exigeait cinq semaines d'avance) et le numéro de téléphone de Madame Mariposa, la maîtresse de Tic et Tac, pour lui donner des nouvelles (en PCV parce que c'était un numéro de téléphone californien).

Et la Cadillac s'en fut nous laissant Tic et Tac qui continuaient à rire comme des dingues.

Logiquement, j'aurais dû insulter Jeanne, la rouer de coups, la répudier pour avoir eu le culot de monter cette stupéfiante combine derrière mon dos. J'aurais dû. Mais je fus pris d'un violent fou rire moi aussi. Comme les trois bichons. Comme les deux yorkshires.

Ce fut plus fort que moi, c'était tellement... tellement... Et puis c'est si bon de rire entre copains.

Quand arriva la Fiat verte, je riais encore. C'était la voiture de la maman aimante d'un loulou de Poméranie, répondant bêtement au nom de Loulou, qui ne voulait pas aller en vacances en avion avec sa maman.

Suivirent, en l'espace d'un mois : deux teckels à poil ras (Brutus et Coincoin), un papillon de sexe féminin qui n'avait que trois pattes (Paméla), six caniches de provenance diverses (Bouf, Napoléon deux, Ronchon, Sidonie, Nana et Mouquette), le mâtin Médor, trois griffons (Tapioca, Roger et Follette) et un cocker (Merveille).

Financièrement parlant, nous étions sauvés. Parce que soixante ou cent francs multipliés par dix-sept, multipliés par trente ou trente et un, ça finit par faire des mois plus qu'honnêtes.

Pratiquement parlant...

Même dans un château, plus de vingt chiens en même temps, ça fait vraiment bien du monde. Et bien du bruit. Et bien du tintouin.

Les quatre bichons, plus Trompette, constituaient déjà une fière meute. Mais c'étaient des chiens du cru. Ils faisaient, pour ainsi dire, partie de la famille. Avec eux, tout se passait en douceur, sans chichis, à la bonne franquette.

Mais avec des chiens à soixante ou cent francs de pension par jour, ça devenait une tout autre histoire. Un père et une mère de famille — même nombreuse — ne deviennent pas sans problèmes hôteliers du jour au lendemain.

Un exemple : Trompette faisait écuelle commune avec nos bichons. Il mangeait, comme eux, de grandes assiettes de reste de riz arrosé de sauce de ragoût, des soupes au pain avec du lait, d'excellents flans instantanés. Bref : il mangeait comme les bichons parce que les bichons mangeaient comme nous. Mais Tic et Tac, les yorkshires qui ne pouvaient pas sortir sans leurs douillets paletots du « Chien Chic » ? Le premier soir, ils se ruèrent sur les écuelles de soupe au chou, bousculèrent sans complexe les bichons et Trompette. Et ils firent tant et si bien que Tic (ou peut-être Tac) manqua périr noyé dans la soupe. C'est un miracle si je parvins à le sortir vivant de l'écuelle.

C'était sûr : il fallait que Tic et Tac fassent table séparée. D'ailleurs les bichons ne les supportaient pas. La présence de ces deux petits agités leur coupait l'appétit.

Jeanne fit donc un saut à Tours pour acheter des écuelles. Et des paniers. Car il fallait à chaque chien son panier. Et pas tous dans la même pièce. On lança un SOS aux Tchèques qui — toujours aussi ardents à l'ouvrage — dégravatisèrent en deux temps trois mouvements deux trois pièces inhabitables pour des humains mais très acceptables pour des teckels, des griffons ou des mâtins.

Je dis des mâtins. Il n'y en eut qu'un. Dieu merci !

Médor, c'était. Un mâtin napolitain. Magnifique : quatre-vingt-sept kilos (cinq de plus que moi !), une peau bien ridée, bien plissée et gris plomb, des oreilles minuscules et parfaitement triangulaires, la truffe grosse comme une orange, toujours humide. Une splendeur de mâtin. Son maître, un commerçant de Tours, ne pouvait plus le garder. A cause de son commerce.

Sur le moment, je me demandais en quoi ce monumental chien manifestement débonnaire, pouvait gêner son maître dans son commerce. J'eus tôt fait de comprendre. En authentique mâtin qu'il était, Médor considérait que son devoir était de monter la garde. Et il la montait. Tout le temps. Partout. Sans trêve ni repos. Avec joie. A peine descendu de la voiture de son maître, il alla se planter à l'entrée du domaine. Et s'y tint au garde-à-vous. Comme une sentinelle.

— Et voilà ! C'est parti, me dit Monsieur Quinquois, commerçant à Tours. Maintenant, vous n'avez plus rien à craindre. Plus personne n'entrera chez vous. Même le facteur. Il le mettrait en pièces plutôt que de le laisser faire un pas. Je l'ai acheté à Noël. Eh bien, depuis Noël, pas un client n'a pu mettre les pieds dans mon magasin. Sale affaire, non ? Ceci dit, il est très très câlin. Pas vrai, Médor ?

Médor aboya que oui. Sans abandonner sa faction.

— Et question nourriture, demandai-je, en jaugeant la stature du molosse.

— Rien de spécial. Pourvu qu'il ait ses deux kilos de viande rouge.

— Vous voulez dire *deux* kilos par jour ?

— Par repas. Ça lui suffit. Avec à peu près autant de pâtes ou de patates. Les patates, il s'en ferait éclater, ce goulu. Et puis, bien sûr, une petite sucrerie par-ci par-là. Du riz au lait. Avec des raisins de Corinthe. Un gâteau de semoule. Une belle brioche. Du sucré, quoi.

Avec le mâtin Médor, même au tarif le plus élevé, nous étions perdants. Mais il était câlin. Et puis c'est rassurant de se savoir bien gardé.

Et nous le fûmes. Non content d'interdire l'accès du château à la terre entière, Médor décida d'en interdire l'issue à tous nos pensionnaires. Ça, c'était épatant. Avec lui, aucun de nos voyous de pensionnaires ne pourrait fuguer. Une recrue de choix, ce mâtin.

Je n'en dirai pas autant des caniches Ronchon et Sidonie et du griffon Roger.

Je ne sais pas qui les avait élevés, ceux-là, mais dans le style plaies d'Égypte, on ne pouvait pas rêver mieux.

Le griffon Roger était un tueur de poules.

Le caniche Ronchon un mordeur.

Et la caniche Sidonie une folle furieuse.

Les spécialistes qui ont écrit d'épais volumes sur « le meilleur ami de l'homme » disent du caniche que « cet ancien chien de chasse au gibier d'eau dont l'ancêtre lointain est le barbet, a su, au cours des siècles, s'adapter parfaitement à la vie familiale des humains, à leurs exigences, à leurs coutumes et à leurs humeurs ».

Exact : Sidonie était totalement et admirablement adaptée aux coutumes et aux humeurs des humains.

Sidonie était une caniche de deux ans. Jolie comme un cœur et d'une élégance suffocante. Quand elle arriva au château, elle sortait des mains d'un toiletteur expert qui l'avait tondue « à la Royal Dutch » — tonte assez difficile à réaliser et à décrire qui fait penser, avec un zeste de distinction en plus, à la classique tonte « en lion ». Même Jeanne (qui s'est toujours éperdument moquée des chiens, maintenant je le sais) ne put s'empêcher de complimenter la dame qui venait nous confier Sidonie pour un mois, de la suprême élégance de sa chienne.

— C'est que Sidonie ne supporte pas le négligé, nous confia la dame, qui était elle aussi belle et élégante. L'été dernier, je l'avais confiée à ma sœur qui vit à Bruxelles. Elle l'a emmenée dans le meilleur salon qu'ils ont là-bas. Avenue Louise... enfin, dans ce coin-là ! Et ces imbéciles lui ont fait une tonte moderne, « à la punk », ont-ils dit à ma sœur. Ils lui avaient laissé une sorte de barbiche carrée pas du tout féminine et coupé les poils des pattes forme raglan. Affreux. Pas regardable. Quand Sidonie s'est vue comme ça dans la glace de la coiffeuse de ma sœur, elle a poussé un cri strident et elle est allée se cacher au fond d'un placard à balais. Et pas moyen de la faire sortir de là. Elle y est restée trois jours et trois nuits. Et ma sœur, qui ne connaît rien aux animaux ni d'ailleurs à quoi que ce soit d'autre, a cru que c'était un caprice et qu'il fallait laisser cette malheureuse Sidonie croupir en compagnie des balais jusqu'à ce que ça lui passe. Ça ne risquait guère de lui passer. Sidonie faisait bel et bien une dépression. Et ce n'était ni la première ni la dernière. Elle est hypersensible. A part ça, elle est très câline, vous verrez.

C'était la formule rituelle. Les maîtres et les maîtresses de nos pensionnaires ne nous quittaient jamais sans l'avoir prononcée. Je crois qu'ils nous auraient confié un loup-garou, un dragon à neuf têtes, un crocodile enragé ou la bête du Gévaudan, ils nous auraient quand même dit avant de disparaître : « Cet animal est très câlin. »

Pour ce qui est de Sidonie, c'était vrai. C'était la reine, l'impératrice du câlin. Combien de fois elle m'a fait fondre d'attendrissement en venant se lover sur mon giron et en ronronnant comme une petite mécanique aimante et heureuse d'avoir trouvé qui aimer.

Croyez-moi ou pas : cette chienne ronronnait. Comme un chat.

Et elle ne faisait pas que ça, Sidonie. Elle pouvait aussi prendre un torchon, un coussin, un tapis ou un de mes chandails en grippe et le lacérer, le réduire en charpie en dix secondes pas plus. Elle pouvait devenir folle de terreur à la vue d'un ver de terre, d'un moucheron ou d'un coquelicot ballotté par le vent et s'écrouler raide, en catalepsie, attendant qu'on la ranime avec des caresses à n'en plus finir, des massages quasiment thaïlandais, voire même une séance de bouche-à-gueule. Elle pouvait inventer des grimaces tellement bizarres que les autres chiens, tous les autres chiens, y compris les plus gros qu'elle, étaient terrorisés. Elle pouvait pleurer des heures parce que le ciel était gris. Ou même sans raison. Elle pouvait (Dieu seul sait comment) grimper sur le toit du château et refuser d'en descendre.

Cette nuit-là, la nuit où elle alla vadrouiller dans la forêt de cheminées (toutes sculptées et toutes branlantes) qui faisaient la gloire du château, il fallut, une fois de plus, aller quérir les Nevedziewjz. Ils avaient une grande échelle et n'étaient pas, comme moi, sujets au vertige. Dans le noir, l'un grimpant, l'autre maintenant l'échelle, le troisième bravant les ténèbres avec une puissante torche électrique et le quatrième (le papa) commandant la manœuvre, ils parvinrent à gagner le toit. Enfin... Zoltan parvint à gagner le toit. Rampant, s'accrochant à tout ce qui dépassait pour ne pas choir dans le vide, s'efforçant aussi de ne pas passer à travers le toit qui, par endroits, n'était pas plus solide qu'une toile à beurre, Zoltan, l'intrépide Zoltan, parvint à s'approcher de la cheminée au faîte de laquelle Sidonie faisait l'acrobate. Il la pria poliment de bien vouloir se laisser glisser dans les bras fraternels qu'il lui tendait. A cette prière, Sidonie répondit en montrant les crocs, ses minuscules et charmantes — mais tout de même assez inquiétantes — quenottes. Zoltan se redressa, il grimpa, en faisant le moins de bruit possible, le long de la cheminée, comme on grimpe (si l'on est plus sportif que je ne le suis) à un arbre, en murmurant des paroles apaisantes à la ravissante demoiselle caniche qui le toisait d'un œil torve, et qui, dès que la main droite de Zoltan fut à sa portée, y planta ses crocs. Sauvagement.

Nous autres, en bas, nous entendîmes un cri de douleur, puis un corps qui roulait sur les tuiles. Comment Zoltan réussit-il à se rattraper au dernier moment à la gouttière ? Et comment la gouttière — rouillée, criblée de trous, pourrie, déglinguée de partout — put supporter durant cinq bonnes minutes les quatre-vingt-quinze kilos de muscles de Zoltan ? Mystère. Au bout des cinq bonnes minutes, six peut-être, nous entendîmes un craquement sinistre. Et Zoltan s'en vint choir entre son père et moi. Sur la pierre gris tourterelle du perron. Il n'avait rien à la tête, rien aux bras, rien au torse, rien au bassin, rien à la jambe droite. Mais la jambe gauche était cassée. Il proféra un juron tchèque qui me sembla tout à fait de circonstances. Ses frères firent un brancard de leurs bras pour l'acheminer jusqu'à la camionnette familiale et le conduire sans tarder à l'hôpital de Tours, et le papa (au lieu de se mettre à geindre comme l'aurait fait un artisan pas tchèque) s'efforça de nous rassurer Jeanne et moi.

— Pas très crave allez. Une agzident du drafail. Y a qu'aux vénéants à qui ça n'arrife chamais.

Ceci dit, en dépit de nos protestations, à Jeanne et à moi, il entreprit de grimper à son tour sur le toit. Moi tenant l'échelle et Jeanne la puissante torche électrique. Il atteignit bravement la cheminée, tenta de raisonner Sidonie (qui devait se demander ce que signifiait son sabir). En vain. Elle l'écouta un long moment sans broncher, sans même montrer les crocs. Et puis, quand elle en eut assez de ce monologue en patois, elle fit pipi sur papa Nevedziewjz qui ne le supporta pas et redescendit aussitôt pour nous le dire. Il n'était pas content du tout.

— Qu'elle morde Zoltan et qu'elle lui gasse la jambe, bon. C'est une agzident. C'est le vie. Mais la pipi sur ma tête, non ! C'est une inzulte. Et ça, je peux bas suborder. Le Tchèque, monsieur Chulien, il a du fierté. Beaucoup. Je suis parti de mon patrie parce qu'il y a pas là-bas de respect de la tignité. Le Tchèque il veut pien faire le drafail le plus déguélasse, même être payé des glopinettes. Mais la pipi sur la tête, chamais ! Le jienne sur le toit, c'est une bédite ordure. C'est des coups de fisil qu'elle mérite. Des coups de fisil !

Et il s'en fut, portant sur son épaule l'immense échelle. Et qui aurait pu lui en vouloir ? Même moi, qui suis loin d'avoir la fierté d'un Tchèque, ce pipi, je l'aurais très mal supporté.

— Et maintenant, tu comptes faire quoi ? me demanda Jeanne. Appeler les pompiers ? Police-Secours ? Les CRS avec leurs hélicoptères ?

Ce que je comptais faire ? D'abord aller intimer

ordre aux vingt et un autres chiens de cesser de brailler. Parce qu'ils s'étaient mis à faire un boucan du diable.

— Les autres gueulards, moi, Julien, je m'en charge. Une bonne petite distribution de sucre et ils se rendormiront comme de vrais petits anges.

— Le sucre, tu sais...

— C'est mauvais pour les chiens. D'accord. Mais ces aboiements qui ne font qu'augmenter, c'est très mauvais pour moi. Ou tu me laisses aller les calmer à ma manière, avec de bons su-sucres, ou je vais, très vite, faire ma crise moi aussi et aller rejoindre l'autre piquée sur les sommets.

Jeanne s'en fut donc distribuer des sucres. Et moi, qui étais et suis toujours, répétons-le, terriblement sujet au vertige, j'entrepris de gagner le toit par l'intérieur. C'est-à-dire par les combles. Entreprise on ne peut plus périlleuse parce que le second étage du château et les greniers étaient encore dans le pitoyable état où cousine Aurore les avait laissés. Même ma si entreprenante épouse remettait toujours au lendemain l'exploration des hauteurs du château. Par chance, les admirables Tchèques avaient oublié leur puissante torche électrique sur le perron. Je m'en emparai, j'allai prendre dans la cuisine une douzaine de clés garanties d'époque et — pas très rassuré — je m'engageai dans le vestige d'escalier qui conduisait au second étage — là où nul être vivant (si l'on excepte les chauves-souris, les punaises, les cafards, les puces et autres nuisibles) n'avait mis les pieds depuis des éternités.

C'est la huitième clé qui ouvrit la première porte. Celle qui donnait sur une chambre d'amis tellement sordide qu'on aurait eu scrupule à y faire dormir son pire ennemi. Je ne fis que la traverser, cette chambre, très effrayé par des bruits prouvant qu'il se passait des choses pas banales à l'intérieur d'un matelas posé à même le sol. La seconde porte ne voulant céder à aucune clé, je l'ouvris d'un coup d'épaule. En réalité, je ne l'ouvris pas : je la fis voler en éclats. Une fois donné le coup d'épaule, il ne resta plus que des miettes de porte. Un lamentable petit tas de débris grouillant de vers à bois fort étonnés de ce qui leur arrivait. Cette porte donnait sur un corridor plein de vieux papiers et de moutons de poussière.

A l'autre extrémité du corridor, il y avait un escalier (raide, très raide) menant aux greniers. Je traversai ce corridor dans un état d'angoisse indescriptible parce que le plancher de ce corridor était aussi aéré que la plus fragile des dentelles. L'escalier n'avait plus du tout de rampe et pour ainsi dire plus de marches. Estimant que mes deux mains feraient tout juste l'affaire, je m'enfournai la puissante torche électrique des Tchèques dans le bec et j'attaquai l'escalier. Qui a tenté ce que j'ai tenté (et avec succès !) cette nuit-là, peut s'attaquer sans problème au Kilimandjaro et à toute autre escalade a priori impossible.

J'atteignis l'étage des greniers. Là, aucun problème de clé. Je posai ma main sur le bouton de la porte et elle s'effondra d'elle-même. Très bien. Vous dire combien il y avait de chauves-souris dans le grenier central me semble impossible. Si je dis mille, je serai certainement au-dessous de la vérité. Si je dis dix mille, j'exagérerai peut-être un peu. Disons qu'il y en avait des nuées. Et tellement robustes, actives, que je sus que ma dernière heure était arrivée. En un éclair, une floppée d'images vues au Festival du cinéma fantastique d'Avoriaz et dans des salles parisiennes spécialisées me revinrent à l'esprit. Je revis « Le fantôme des trains fantômes » en train de se faire crever les yeux par un rat ailé... Je revis le vampire des « Mangeurs de cadavres » vidant un gamin londonien de tout son sang avec une paille... Je revis Dracula, la fiancée de Dracula, la mère de Dracula, la chauve-souris apprivoisée de la mère de Dracula... J'allais mourir d'une mort atroce moi aussi, c'était mon tour, mon heure avait sonné... Je tremblai si fort que j'entendis des pièces de monnaie faire ding-ding-ding dans ma poche... Je ruisselai de sueur... Je m'entendis demander À VOIX HAUTE au Seigneur d'avoir la bonté de m'accueillir dans son paradis sitôt que ces bêtes ignobles et cruelles m'auraient mis à mort et — c'était de l'inconscience, de la démence — je fonçai droit devant moi en faisant de grands moulinets avec la puissante torche électrique. Très vite, je m'abattis sur le sol. Pas terrassé par les bêtes immondes. Tout simplement parce que je m'étais pris les pieds dans je ne sais plus quelle vieillerie indigne du moins reluisant des brocanteurs. Le temps de constater que je n'étais pas mort et je me relevai, toujours tremblant, toujours en sueur, toujours claquant des dents et je cavalai en direction d'une fenêtre à tabatière. Je l'atteignis, l'ouvris d'un violent coup de crâne. C'était idiot et imprudent, mais j'avais tellement la trouille des chauves-souris qui tournoyaient autour de moi, me frôlaient, me heurtaient... Une traction et je me retrouvai sur le toit. Là, je me fis aussi plat que possible, me disant que ça serait vraiment trop bête de me tuer en tombant alors que j'avais réussi à échapper à dix mille (ou plus) chauves-souris décidées à me faire périr.

Il me restait à trouver la cheminée de Sidonie. Je braquai ma lampe à droite, à gauche, devant, derrière... Énormément de cheminées mais pas de Sidonie. La peste ! J'allais devoir ramper pendant des heures pour retrouver cette hystérique qui ne manquerait pas de me mordre, de me faire pipi dessus ou pire que ça encore. La sale petite peste ! Je recommandai une fois de plus mon âme au Seigneur et je commençai ma lente reptation. Déchirant ma chemise, mon pantalon, m'écorchant les avant-bras. Et repensant au cri de Zoltan, à sa chute. Au cri et à la chute de Zoltan qui — comparé à moi — était un athlète, un Tarzan, un Superman. J'allais glisser bien plus vite que lui, c'était fatal. Je refis une petite prière au Seigneur, lui promettant de...

Horreur ! Là où ma jambe de pantalon était retroussée (pour cause de reptation) juste au-dessus de ma chaussette, je sentis une bête, une bête chaude et toute mouillée qui marchait sur mon mollet. Une chauve-souris qui m'avait suivi ? Un rat des toits ? Un reptile d'une espèce particulière vivant sur les tuiles à l'ombre des cheminées ? Je serrai les dents si fort que j'entendis mes mâchoires craquer. Je m'efforçai de ne plus remuer d'un poil, de ne plus respirer. Il fallait que cette bête cesse d'aller et venir sur mon mollet. C'était insupportable. Et puis, ça allait forcément finir comme ça, elle allait planter son dard dans ma chair, m'inoculer son venin. Drôle de trépas ! Je ne finirai pas écrabouillé sur le perron. Ça serait plus absurde encore. J'allais mourir silencieusement. Sans un geste, sans un râle d'agonie. J'allais mourir à plat ventre sur le toit. Jeanne s'étonnerait de ne jamais me voir redescendre et le soleil dessécherait mon cadavre.

La bête allait toujours.

La bête ?

C'était la langue de Sidonie, bien sûr.

Elle était si câline.

Elle finit sa nuit attachée au pied de notre lit. Dormant d'un sommeil paisible, délicat, attendrissant.

Jeanne ne dormait pas, elle. Fumant Gauloise sur Gauloise, elle fit le point.

— Que tu le veuilles ou non, Julien, notre méthode n'est pas la bonne.

— Notre méthode ? Nous avons une méthode ?

— Non, nous n'en avons pas, c'est notre tort. L'improvisation, ça va bien cinq minutes. Mais quand on veut se lancer dans quelque chose d'aussi complexe que l'élevage des chiens... Quand je pense qu'à cause de cette hystérique de caniche, ce pauvre Zoltan va peut-être se retrouver unijambiste et que son père nous fait la gueule !

— Un agzident du drafail matame Cheanne !

— C'est ça, plaisante. Fais l'idiot. C'est bien le moment.

— Tu as raison Jeanne, je suis un parfait salaud vis-à-vis de Zoltan et de son excellent homme de père. Mais quand on a eu peur comme j'ai eu peur, tout, tu m'entends bien, tout prend des allures de farce. A l'heure qu'il est, logiquement, je devrais être cent fois mort. Alors... une jambe cassée et un papa tchèque qui boude parce qu'il a reçu trois gouttes de pipi de chien sur sa calvitie... Sidonie a fait ça sans penser à mal.

— Toi, si tu t'écoutais, tu la récompenserais pour avoir si joyeusement animé notre soirée.

— Tu ne voudrais tout de même pas que je la batte !

— Eh bien si, Julien. Cette chienne mérite une correction.

— C'est quoi ici ? Une pension ou un bagne ?

— Dans les pensions anglaises les plus huppées...

— On fesse les futurs lords, je sais. Mais, petit a : nous ne sommes pas en Angleterre, petit b : je suis contre les sévices corporels et, petit c...

— Et petit c ?

— Et petit c, je vais dormir parce que je suis épuisé. Mais demain, à la première heure....

Le lendemain, à la première heure, j'allai à l'hôpital porter des oranges, du chocolat aux noisettes et une brassée de journaux amusants à Zoltan. Sa jambe n'était qu'un peu cassée. A en croire le médecin, il pourrait reprendre et son travail et sa place de redoutable ailier droit du Noisilles-Football-Club dans un mois au plus.

Zoltan m'accueillit avec un large sourire et me dit comment il avait fait rire aux larmes son voisin de chambre — un sexagénaire pourtant plus que moribond — en lui racontant pourquoi et comment il s'était fêlé le fémur.

Le récit des exploits de Sidonie avait déjà fait le tour de l'hôpital. Une religieuse qui les trouvait « poilants » me dit qu'il fallait absolument que j'aille raconter tout ça à « ce vieux fou de Majeunot ». Le « vieux fou de Majeunot » en question était vétérinaire. Il avait une maison de paysan taillée dans le roc à Vouvray. En plein milieu des vignes. Pourquoi à Vouvray ? Parce que le blanc pétillant, c'était ce qu'il aimait le plus au monde avec les animaux à sang chaud et à sang froid, le docteur Majeunot. Logiquement il aurait dû s'établir dans un coin à vaches ou à moutons. Ou alors dans une grande ville pleine de mères à chats, de mères à chiens, de mères à serins et de mioches à hamsters. Mais, dans les coins à vaches ou à moutons et dans les grandes villes, il n'y a pas de vignes. Tandis qu'à Vouvray... Et puis Vouvray, ce n'est pas loin de Montlouis, de Chinon, de Bourgueil...

Un buveur considérable, le docteur Majeunot. Personne ne pouvait se targuer de l'avoir vu à jeun. Mais personne non plus n'avait à s'en plaindre. Il avait, me dit-on, le vin très gai. Et c'était un excellent praticien. Quand je heurtai le marteau de sa porte sur le coup de dix heures du matin, il était occupé à tremper des gâteaux secs dans un saladier de vin de Saumur.

— Du vin trop vert pour être bu tel quel. Mais, dans son immense sagesse, Dieu ne s'est pas contenté de créer la vigne. Il a aussi inventé les petits gâteaux. Je vous en sers un verre ?

— Non docteur, sans façon. A cette heure-ci, moi, le vin...

— Je vous proposerais bien un café. Mais je viens de faire ingurgiter le fond de ma cafetière au chien de l'adjoint au maire.

— Du café à un chien ?

— Et comment ! Tous les matins, au printemps et en été. Un bol. Sans sucre. Bien fort. Et l'hiver, de l'huile de foie de morue. Je ne connais rien de mieux pour empêcher un chiot de piquer la maladie. C'est que je suis de la vieille école, moi. De l'école anti-médicaments. Vous avez maintenant des laboratoires qui vous sortent tous les matins un machin cent fois plus efficace que celui qu'ils vous vendaient la veille pour guérir la gale, le coryza, l'épilepsie ou le pet de travers. Un machin plus chimique et trafiqué et nocif que celui de la veille, forcément ! Et plus cher. Et tout le monde se jette là-dessus. Les médicaments, les gens s'en feraient crever ! Je connais des bœufs plus drogués que des champions cyclistes. C'est pas compliqué, au jour d'aujourd'hui, quand on construit une étable ou une porcherie, faut d'abord et avant tout prévoir un coin pour l'armoire à pharmacie. Moi, les pilules, les cachets, les piqûres... seulement quand c'est absolument indispensable. Et encore. Le nombre de fois que j'ai fait croire à des péquenots que je venais de mettre un suppositoire dans le trou du derrière de leur bique ou de leur coq, alors que j'y avais rien mis du tout... Et le coq et la bique s'en remettaient tout aussi bien. Mais je parle, je parle... Dites-moi plutôt pourquoi vous venez me voir. Un chat ? Un chien ?

— Vingt-deux chiens.

— Vous êtes quoi ? Patron d'un cirque ?

J'expliquai posément au docteur Majeunot comment je me retrouvais à la tête d'une si prodigieuse portée. Ce qui le divertit beaucoup. Et l'excita pas mal.

— Quand je dis que ça m'excite, n'allez surtout pas en conclure que je suis un requin qui se dit : voilà vingt-deux nouveaux clients qui me tombent du ciel. J'espère qu'aucun de vos pensionnaires n'aura jamais besoin de moi. Voir souffrir une bête, je déteste ça. Les bêtes, ça ne devrait jamais souffrir. Déjà que ça ne connaît ni le vin ni le tabac...

Non, ce qui l'excitait, Majeunot (il n'aimait pas qu'on dise « docteur »), c'était l'idée qu'il allait pouvoir venir « bavarder » avec nos yorkshires, nos caniches. Parce que, dans sa campagne, il n'y avait guère que des chiens de chasse ou des bergers. Et des bœufs, des vaches, des chevaux. De braves bêtes, il ne disait pas le contraire, Majeunot, mais des bêtes sans « problèmes dans la tête ». Tandis que les chiens de luxe, de salon...

— C'est névrosés et compagnie, ces bestioles-là. Ça ne se contente pas de vous faire banalement de banales piroplasmoses, toxoplasmoses ou maladies de Carré. Les chiens de salon, même quand ça se met à avoir de la constipation ou de l'eczéma, ça vient de leur caboche.

— Nous avons justement une caniche... Figurez-vous que cette nuit...

Majeunot m'écouta tout en débouchant une bouteille de chinon (pour faire passer le saumur trop vert).

— Épatant ça ! J'adore ces cas-là. Votre Sidonie me va parfaitement. J'ai eu un cheval, à Chançay, qui est tombé paralysé, tout d'un coup, en pleine vendange. Une bête en parfaite santé. Il venait de manger son picotin, il était d'excellente humeur, content de tirer une charrette. Et crac ! Paralysé ! Plus moyen de le faire avancer. Il remuait même plus sa queue pour chasser les mouches. On me fait venir. Je l'ausculte en long et en large. Rien. Il n'avait rien et il ne bougeait plus. Je fais venir un collègue d'Amboise. Puis un autre de Tours. Mêmes diagnostics. Il n'avait rien. Et il restait debout au milieu de la route. L'œil fixe. On l'a laissé une nuit là. Quoi faire d'autre ? Pour le ramener à l'écurie, aurait fallu une grue. Le lendemain matin, il était toujours là. Il avait pas bougé d'un pouce. Pas même fait un petit crottin. Mais il était toujours vivant. Son cœur battait normalement. Mais ses membres, ses muscles, tout était en panne. J'étais furax. D'autant que son maître a commencé à parler de l'abattre. Normal : il bouchait la route et, en période de vendanges... Pour finir, c'est une gamine qu'a trouvé la cause de cette paralysie inexplicable. Une morveuse. C'est elle qu'a compris pourquoi il voulait plus remuer. C'était à cause de l'épouvantail qu'on venait de planter dans la vigne. Cet épouvantail, la maîtresse du cheval l'avait fabriqué avec les habits du dimanche de son pauvre papa qui avait eu une attaque et qui ne pouvait plus bouger de son lit. Ce grand-père, c'était son meilleur ami, au cheval... Alors... quand il a vu l'épouvantail... Il a suffi qu'on l'habille autrement pour que le canasson redémarre comme si rien ne s'était passé. J'ai connu aussi un éléphanteau à qui le son du tam-tam donnait des furoncles... Mais ça, c'était en Afrique.

Parce qu'il avait fait les colonies, le docteur Majeunot. Il avait été voir de près les crocodiles, les orangs-outangs, les hippopotames, les girafes, les perroquets parlant petit-nègre et les oiseaux qui curent les dents des crocos, et ceux qui font leur nid dans les oreilles des rhinocéros. L'Afrique, c'était le rêve. A un détail près, le vin de palme.

— Pas buvable, leur bibine. Trop douceâtre. Et, en plus, ça vous colle mal au crâne sans vous saouler.

Vu qu'une heure s'était écoulée, j'acceptai un coup de chinon. Un délice.

— Je le tiens d'un propriétaire-récoltant. Je lui ai guéri sa truie qui était anorexique. Une simulatrice en fait.

Je demandai « à ce vieux fou de Majeunot » s'il n'accepterait pas (moyennant finances, ça tombait sous le sens) de devenir le conseiller médical de notre pension. Voire même le conseiller tout court.

— Parce que, pour être honnête, les chiens, ni ma femme ni moi n'y connaissons rien.

— Mais personne n'y connaît rien, mon bon monsieur. Personne ! Les animaux, c'est comme les femmes et les enfants, l'important, ce n'est pas de les connaître. C'est de les aimer. Et quand je dis : les femmes et les enfants... Je pourrais ajouter aussi : les bonshommes. Noé, les bestiaux, tous ces bestiaux qu'il avait embarqués dans son arche, vous croyez qu'il les comprenait ? Pas du tout. Mais il avait de la compassion pour eux, de l'amour. Et, vous pouvez vérifier dans la Bible, aucun de ses passagers à poils, à plumes et à écailles n'a eu la moindre maladie, pas la plus petite indisposition. Aucun singe, bœuf, léopard ou crapaud n'a même souffert du mal de mer. Et pourtant, un déluge, ça doit salement vous secouer. Ne cherchez pas à les comprendre, vos chiens. Aimez-les. Aimez-les beaucoup.

— Tout de même, si vous consentiez à me donner quelques tuyaux. Ne serait-ce que pour l'hygiène, la nourriture, le dressage.

— Le dressage ? Vous voulez en faire des chiens savants ? Leur apprendre l'algèbre, l'italien, le piano ? Non ? Alors : une petite torgnole, pas appuyée, juste pour le principe, à celui qui fait une ânerie. Une petite caresse à celui qui se tient bien. Chapitre dressage, ça ira comme ça. L'hygiène ? Un chien, ça a, comme un homme, des dents, des oreilles, des pieds, des bras — on dit des pattes mais c'est idem — un robinet si c'est un mâle, un petit puits d'amour si c'est une femelle, et un tutu. Faut que tout ça soit toujours parfaitement nickel. Si c'est toujours parfaitement nickel, vous ne trouverez pas plus de puces dans les poils d'un chien que dans la barbe d'un académicien. Quant à ce qui est du manger... Alors là... J'ai connu une bique, à Yanamalasamolo au Dahomey. La bique du comptable d'une grosse affaire d'import-export. Elle se nourrissait exclusivement de papier à machine. Dactylographié ou pas, elle s'en fichait. Mais vous ne lui auriez pas fait avaler une feuille de carbone. Que du papier à machine. Elle se portait très bien. Vous me direz que c'est un cas extrême. D'accord avec vous. Vaut quand même mieux donner de l'herbe aux lapins et de la viande aux fauves. Les chiens, il leur faut quoi ? Du lait quand ils sont bébés, de la viande parce qu'ils sont carnivores, de la pâtée pour bien leur caler la panse et de l'eau quand ils ont soif. Et jamais de petits os. Jamais. Le nombre de toutous que j'ai vus me crever sous le nez, les intérieurs perforés, parce que leurs abrutis de maîtres leur avaient donné une carcasse de poulet à ronger ! Les bonbons non plus, je ne suis pas pour. Ça vous suffit comme « mode d'emploi » ? Non ? Alors je vais vous prêter quelques bouquins. Pas des nouveautés. Des trucs que j'ai dû lire il y a trente ou quarante ans. Je vais même faire mieux que vous les prêter. Je vous les donne. Si, si, si, c'est un cadeau. Moi, ça me débarrassera. Lire, ça ne m'amuse plus. A part les étiquettes de bouteilles de vin... Vous vous êtes jeune, vous voulez vous instruire : vous n'avez qu'à vous plonger là-dedans.

Sitôt rentré au château, laissant à Jeanne le soin de confectionner vingt-deux pâtées et notre déjeuner, je me plongeai dans les vieux bouquins du « vieux fou ». Des bouquins rédigés avant la guerre de Quatorze, par des docteurs ès-chiens. Des bouquins avec des dessins démodés et un peu trop de mots latins qui m'apprirent, pêle-mêle, que la queue du chien se nomme aussi le fouet, que la chienne porte de soixante-trois à soixante-cinq jours, qu'elle a dix mamelles (j'aurais pu faire le compte moi-même, mais n'y avais pas songé), qu'elle a six à dix petits par portée, que les chiots naissent aveugles et qu'ils perdent leurs dents de lait quand on les sèvre (à trois mois), qu'il existe des muselières dites « chemin de fer » qui sont vivement déconseillées par les spécialistes parce qu'elles blessent inutilement ceux qui les portent, que le topique anti-galeux est le plus sûr ennemi des poux, que le lait, l'eau de rose et le bicarbonate conviennent également au nettoyage des yeux du chien, que sa température normale est entre trente-huit deux et trente-huit six, que, s'il a une soif vraiment intense, ça peut être signe de diabète, néphrite ou urémie, que si un chien, un jeune chien se met à bouder son frichti, à somnoler, à avoir des frissons, si il a la truffe prise, l'air enrhumé, si il gémit... alors... alors... méfiance et vigilance ! C'est peut-être qu'il est en train de couver la fameuse maladie qui tue chaque année cinq cent mille chiots rien qu'en France. Cinq cent mille chiots ! ! ! L'hécatombe. Rien d'aussi inquiétant que la description de symptômes dans les dictionnaires médicaux. Au bout de trois pages de lecture, on commence à voir le mal partout autour de soi. Très ébranlé, je quittai mes bouquins et j'allai regarder les chiens d'un peu plus près, pour contrôler que rien ne clochait question santé. Je fus paniqué. Il y avait de quoi.

Jeanne était partie acheter du lait à la ferme. A pied, par bonheur. La voiture était là. J'y entassai presto six chiens vraiment très mal en point, je recommandai au mâtin Médor de faire meilleure garde que jamais et je fonçai à la vitesse maximum en direction de la maison du providentiel vétérinaire Majeunot.

— Déjà vous ? me dit-il en me tendant le verre de blanc sec qu'il venait de se servir.

— Pas maintenant, docteur. Après. Nous boirons après, à la santé des survivants. S'il y en a. Ils sont dans la voiture. Il faut agir sans tarder. Je vous en supplie. Peut-être qu'il est encore temps.

— Le temps d'enfiler ma blouse et c'est parti. Ils ont quoi, vos petits cocos ?

— C'est affreux, docteur, c'est affreux. Les deux-là, les teckels, ils couvent la maladie de Carré. Pas de doute possible. Ils la couvent. Le caniche Bouf, lui, il nous fait une maladie de Stuttgart. Et j'ai encore ce Bichon. C'est Béarn, son nom. Il a la gale sarcoptique. Même chose pour le griffon Tapioca : la gale sarcoptique. Mais le cas le plus urgent, c'est l'autre caniche : il a la rage, docteur. La rage.

— Cessez de dire des sottises et cessez de m'appeler docteur. Si ce gros bébé-là a la rage, moi je suis pestiféré !... La rage ! ! ! Vous l'entendez aboyer ? C'est un aboiement de chien enragé, ça ?

— Il mord tout le temps.

— Et alors ? Vous voudriez qu'il fasse quoi ? Qu'il récite du Baudelaire ? Qu'il collectionne des timbres ? Un chien est un chien, vous savez.

— Il ne fait pas que mordre. Il bave.

— Achetez-lui un bavoir. Ça fera rigoler les autres. Il n'a rien, ce chien. Et votre griffon non plus. Ils ont des petites rougeurs parce que c'est l'été. Rien de plus.

— Vous êtes sûr ?

— C'est mon métier oui ou non ? Et l'autre petit pirate qui est en train de bouffer mon beau tapis persan, il a quoi selon vous ?

— Il couve la maladie de Carré. Ça j'en suis certain. Il somnole, il a des frissons, il a le nez qui coule.

— Ah ! j'ai eu une riche idée de vous donner mes bouquins. On serait au Conseil de Révision, ils seraient tous bons pour le service, vos chiens. La rage ! La gale ! Et puis quoi encore ? Notez que votre caniche...

— Vous voyez qu'il a quelque chose ! C'est quoi ? Dites-moi ce que c'est. Je veux savoir, même si c'est grave. Il a quoi ?

— Il a qu'il a besoin d'un coup de tondeuse. Par un temps pareil, faut me le tondre. Qu'il respire.

— Le tondre ?

— Naturellement, tondre, vous ne savez pas ?

— Non.

— Eh bien, va falloir apprendre, mon vieux. Va falloir apprendre.

Il fallait apprendre à tondre. J'ai appris à tondre. Avec une tondeuse « made in Germany », payée cinquante-sept francs dans une quincaillerie de Tours, après avoir longuement observé un toiletteur à travers la vitrine de son salon.

Mes premières victimes — Ronchon et Napoléon deux — n'auraient certainement pas décroché de médaille dans une exposition canine. De deux toutous de modèle courant et plutôt beaux gosses, je fis deux créatures innommables — mi-paillassons usagés, mi-gargouilles de cathédrale. J'étais un sacrément mauvais tondeur. Mais ni Ronchon ni Napoléon deux ne m'en tinrent rigueur. C'était le mois de juillet et ils avaient nettement plus soif de fraîcheur que de beauté. Après Ronchon et Napoléon deux, ce fut à Sidonie d'y passer. Je l'abordai avec terreur, redoutant que la vue de la tondeuse ne la plonge dans une de ces crises dont elle avait le secret. Pas du tout. Elle me lécha les mains, lécha la tondeuse, émit une bordée de gloussements satisfaits. Coup de chance : Sidonie adorait le clic-clic de la tondeuse. Émulé, encouragé par les marques de plaisir qu'elle manifestait, je la tondis avec ardeur. Je la tondis sans retenue. Je la tondis tellement qu'il ne lui resta bientôt plus qu'une dérisoire houppette sur l'occiput. Un rat ! Elle avait l'air d'un rat, trop volumineux et trop souriant pour être un rat authentique, mais d'un rat quand même. Ou alors du pivert des dessins animés : Woody Woodpecker. Si son élégante maîtresse venait pour la reprendre avant que ses poils aient repoussé, j'étais bon pour un procès ! Et encore : à condition que l'élégante maîtresse veuille bien admettre que cette hideuse rate déplumée soit la gracieuse bête qu'elle nous avait confiée.

Évidemment bien sûr, au lieu de tenter de calmer mon inquiétude, Jeanne cria au scandale, elle me traita de saboteur et de bourreau de caniche.

J'encaissai ces basses insultes sans répliquer. Décrétant (en mon for intérieur) que le principal était que Sidonie soit satisfaite et que désormais c'est Jeanne qui prendrait la direction du service Toilettage !

Je n'appris pas qu'à tondre. J'appris à laver des dents aussi. Laver les dents d'un chien, c'est comme se laver les dents à soi. A ceci près que les dents du chien ne sont pas dans votre bouche à vous, mais dans la sienne à lui, (qui est une gueule) et que les dents du chien ne sont pas des dents mais des crocs. Et qui dit croc dit croquer — on vous enseigne ça au cours élémentaire première année. Mais ce que l'on ne vous enseigne pas au cours élémentaire première année, c'est comment introduire le chiffon humide saupoudré de bicarbonate de soude (préconisé par ceux qui savent) dans cette fameuse bouche qui n'est pas à vous et qui est une gueule munie de crocs plus ou moins imposants. Avec le mâtin Médor, ce fut net et rapide : il happa le chiffon humide saupoudré de bicarbonate de soude, le mâcha et en recracha les morceaux sans manifester la moindre contrariété. Le caniche Ronchon (le mordeur) me mordit le pouce cruellement. Et j'eus très mal. Bouf, Tapioca, Follette, Merveille, Coincoin se laissèrent faire sans broncher. C'étaient des chiens portés sur la propreté. Le griffon Roger me tendit ses dents sans trop grincher. Puis, une fois la chose faite, il vomit toute la nuit et Jeanne dut lui faire des litres de tisane. Béarn et Valois n'ayant plus que trois dents à eux deux, je leur fis grâce de la cérémonie du nettoyage. Orléans y coupa aussi. Il était parti en vadrouille avec son camarade Trompette. Tic et Tac avaient des dents vraiment trop mignardes. Je capitulai, intimidé. Nana (une caniche qui ne faisait que manger et dormir, dormir et manger) partit se cacher (je n'ai jamais su où) dès qu'elle entrevit le chiffon à dents. Sidonie trouva, une fois de plus, moyen de se distinguer. Elle vit le chiffon, le renifla, soupira d'aise, s'approcha et ouvrit largement la gueule avant même que j'aie eu le temps de la prier de le faire, et elle se laissa frotter, frotter, frotter... C'était comme la tonte : elle aimait ça. Elle aimait ça mais... elle perdit une dent ! Une canine à l'état neuf, bien blanche, bien effilée. Extraction effectuée sans douleur, d'accord. Mais que dirait son élégante maîtresse en retrouvant sa fille, non seulement tondue à ras, mais édentée ? J'en tremblai d'avance.

J'ai appris bien d'autres choses très utiles encore : à couper les ongles (rude boulot), à débarrasser le dessous des pattes de tout ce qui peut s'y coller quand le chien se promène dans la nature, à mettre dans les narines les gouttes que prescrivait (toujours à contrecœur, mais parfois il devait s'y résoudre) l'ami Majeunot, à administrer huile de ricin et suppositoires.

Et j'appris à consoler et à endormir et à amuser.

Le soir, au moment de l'extinction des feux, j'allais les saluer un par un. Et je réconfortais avec de bonnes paroles ceux qui avaient manifestement le spleen de leurs maîtres et des arbres de la capitale aux pieds desquels ils s'attardaient chaque jour. Et je fredonnais des airs endormants à ceux qui faisaient les jacques dans leur panier au lieu de s'enrouler le museau dans les pattes et de sombrer dans un sommeil réparateur et, peut-être, peuplé de rêves intéressants.

Le jour, il fallait organiser des jeux. C'est qu'il faut que ça s'amuse, un chien, sous peine de donner dans la mélancolie. Que ça s'amuse à quoi ? Pas au scrabble, hélas ! ni à ces jeux de société que l'on joue assis. A des jeux qui vous forcent à remuer bien trop. A la balle, à vous courir après, à se cacher, à découvrir des objets cachés. J'ai lancé des balles, j'en ai cachées. Ça m'assommait. Ça me rappelait les dimanches de l'Hayï-les-Roses avec les enfants de la sœur de Jeanne. Deux garçonnets barbants comme des garçonnets.

Pourquoi les chiens ne se contentent-ils pas de jouer entre eux ?

Il y avait bien les petites rixes à la blague entre teckels et caniches, des galopades désordonnées qui réunissaient quelques-uns de nos pensionnaires. Il s'organisait bien, à l'occasion, une séance de pataugeage dans l'eau boueuse de l'étang. Ou une chasse aux crapauds. Mais ce qu'ils voulaient surtout, c'était jouer avec Jeanne, avec moi.

En gros, les chiens n'aimaient pas énormément la compagnie des chiens.

Comme les chats, les chiens estiment qu'un homme, une femme, ont beaucoup plus à leur apporter, à leur apprendre, qu'une créature toute en poils comme eux et aboyant ou miaulant au lieu de parler de la pluie et du beau temps ou de politique.

Sidonie n'aurait pas fréquenté un chien pour tout l'or (ou tous les os) du monde. Paméla, Bouf, Coincoin, Roger, Merveille et Tapioca non plus ! Le mâtin Médor voulait bien prendre langue avec ses semblables ; mais uniquement pour les terroriser. Ronchon aussi s'intéressait aux autres chiens : pour les mordre. Un des rares exemples d'amitié canine que j'aie pu observer, ce fut la liaison Trompette-Orléans. Mais je n'étais pas loin de penser, comme Jeanne, que ça cachait quelque chose de pas net.

Il fallait à nos pensionnaires une dame ou un monsieur de compagnie. Débordés par ailleurs, et n'ayant, ni Jeanne ni moi, aucun goût pour la balle, la courette, cache-cache et cache-tampon, nous décidâmes de recruter. Il y avait justement à Noisilles une grande niaise de fille qui — ayant échoué à son examen de coiffeuse — passait ses journées à ne faire rien. Ce qui ne plaisait ni à son père ni à sa mère, qui étaient de coriaces paysans et ne concevaient pas qu'on puisse s'asseoir et attendre alors qu'il y avait tant de terre à retourner, biner, planter, tant de pommes de terre à arracher, tant d'haricots à cueillir. Tant et tant de belles et bonnes choses à faire, quoi ! Quand Jeanne leur proposa d'embaucher leur Ginette, ils rugirent de joie. Elle, elle ne rugit pas. Elle se contenta de boucler sa valise (qui contenait surtout des numéros de « Ciné-monde » et « Salut les copains » lus et relus) et de suivre Jeanne en traînant des pieds.

Jeanne avait eu, étant enfant, des nurses (que ses parents l'obligeaient à appeler des « nannies » pour faire anglais), qui ne s'occupaient que d'elle et les bonnes de ses parents pour s'occuper aussi d'elle.

Épouse d'un écrivain qui écrivait peu et publiait encore moins, elle dut se contenter de quelques heures de femme de ménage un ou deux jours par semaine. Quand je devins critique cinématographique (mensualisé), elle s'assura les services réguliers de Madame Chamaille. Une bonne à mi-temps qui n'en fichait pas une rame mais présentait très bien et nous tenait au courant de ce qui se passait dans les arrière-boutiques et les chambres de bonnes du dix-septième arrondissement et de ses environs. Jeanne se mit en tête de faire de Ginette la servante idéale, elle décida que cette petite serait d'une politesse exquise, qu'elle nous parlerait à la troisième personne, qu'elle ferait *tout* ce qui nous embêtait nous, et qu'en prime, elle serait d'excellente humeur trois cent soixante-cinq jours par an. L'expérience prouva (sans tarder) que Ginette était vulgaire, incapable de parler à la troisième personne, cossarde et très mal embouchée. Et puis (mais ça, on ne le sut que très longtemps après son arrivée au château), elle détestait les chiens et leur faisait, sournoisement, de sombres misères.

Elle est quand même restée à notre service le temps de casser toute notre vaisselle, de bouziller à la lessive le peu de beau linge que j'avais, et de nous voler — centime par centime, avec méthode et application — de quoi aller à Paris tenter de devenir « Mademoiselle Age Tendre Soixante-six ». Tentative qui se solda par un cruel échec.

Il n'y eut pas que cette calamiteuse Ginette, il y eut aussi une Simone. Une fille grande comme moi, sûrement plus solide et pas belle, qui se révéla une collaboratrice avisée et pas du tout regardante question heures de présence et exécution de corvées rebutantes.

C'est qu'il y eut toujours de plus en plus à faire dans notre PENSION POUR CHIENS, DANS UN CADRE MAGNIFIQUE ET SÉCULAIRE. Aux vingt-deux chiens des premiers âges succédèrent tant et tant de chiens. Pour une Nana, un Napoléon deux et un Brutus de partis, c'étaient deux ou trois ou quatre autres chiens qui nous arrivaient. De toutes tailles, de toutes races. A part le spitz finlandais et le chihuahua (qui pèse soixante grammes quand il vient au monde !), je crois que tous les chiens possibles et imaginables sont passés entre nos mains. Nous avons même eu un bullmastiff. Et pourtant, les bullmastiffs, ça ne court guère les routes de France et de Navarre. Surtout quand, comme celui qui nous a terrorisés pendant une semaine, ils dépassent les cent vingt kilos.

Peu de temps après l'entrée de la détestable Ginette,

un monsieur de Tours, à lunettes et à parapluie, vint nous rendre visite. Un monsieur de l'Inspection du Travail. Il nous posa un nombre considérable de questions à la Maigret, dont il notait consciencieusement les réponses sur un cahier d'écolier. Il arriva au château tout à fait décidé à faire le maximum d'ennuis à des gens qui, comme nous, bravaient sans vergogne la plupart des lois en vigueur à l'époque en organisant un « élevage sauvage » et en n'associant pas l'État et quantité d'organismes plus ou moins officiels à nos bénéfices. Reçu comme un vieil ami de la famille par une Jeanne mondaine et séduisante à souhait, abreuvé de « vin de santé », il repartit dégoulinant de compréhension, et pétri d'admiration pour « la belle œuvre à laquelle, mon épouse et moi-même, nous nous consacrions de toutes nos âmes ». Nous n'eûmes pas d'amende à payer. Mais il fallut quand même aller traîner dans plusieurs bureaux à Tours et dépenser pas mal d'argent pour acquérir un machin (dont je ne sais toujours pas à quoi ça sert) nommé patente. Il y eut aussi des problèmes d'assurances sociales, d'impôts. Jeanne, qui m'avait confisqué mon agréable bureau et l'avait aménagé à sa convenance, régla toutes ces formalités avec grand plaisir.

Elle fit même imprimer du papier à en-tête. Très prétentieux.

Elle avait trouvé sa voie, Jeanne, sa raison d'être. Elle était châtelaine et elle était Madame la Directrice. Voilà qui la vengeait bougrement des années où, incapable de se trouver une position digne d'elle, et encore plus incapable de faire de moi « quelqu'un », elle s'était morfondue. Dès qu'elle estimait que c'était « possible tout en restant raisonnable », elle mandait les Tchèques et leur faisait remettre en état une pièce, un couloir, un escalier... Et le château n'en finissait pas d'embellir, de ressembler à ce qu'il avait dû être au temps où saint Martin bénissait des vignerons criminels dans le poulailler qui n'était encore qu'une chapelle. Et Jeanne n'en finissait pas de se trouver importante. Et de traiter bien plus durement que nos chiens la sinistre Ginette et la gentille Simone. Et d'inviter ses parents et aussi — une fois seulement, ouf ! — sa sœur et son gandin de beau-frère et leurs deux atroces gamins qui crurent intelligent de tirer quelques queues et qui, parce qu'il y a une Justice, récoltèrent plus que leur content de morsures. Jeanne donnait des thés aussi. Pour snober les dames de la région. Des dames châtelaines qui avaient connu la cousine Aurore et disaient la regretter énormément et des dames pas châtelaines mais quand même très imbues de leurs personnes.

Et moi dans tout ça ?

Moi, je me portais comme un charme. J'avais une mine superbe. A cause du grand air sans doute. Et des petits vins de l'ami Majeunot.

Il fallait que j'aille à la Poste à Noisilles. Et ça m'arrangeait bien. Ça m'arrangeait bien parce que ce matin-là j'avais tellement d'aboiements, de jappements, de grognements dans la tête que je me demandais si elle n'allait pas finir par éclater. Une petite trotte sur une petite route de campagne avec juste le murmure du vent, quelques chants d'oiseaux, de vagues meuglements au loin, c'était reposant. Je m'étais arrangé pour que les bichons ne me voient pas partir. Les trois bichons.

Orléans continuait à faire bande à part avec Trompette, parce que Madame Fourchy était toujours la jambe dans le plâtre dans un lit anglais. Ce n'était pas très gentil vis-à-vis de Béarn, Valois et Anjou (qui continuaient à m'adorer comme au temps où ils étaient les seuls chiens de château) d'avoir filé à l'anglaise. Mais ils devaient être en train de se battre avec les caniches. Parce que ça se bagarrait ferme au château depuis quelques jours. On était en août. Un mois à orages. Il fallait que j'aille à la poste pour téléphoner à la maîtresse des yorkshires. En Californie. Ça faisait quatre lettres par avion qu'elle nous expédiait pour savoir si Tic et Tac avaient le moral.

Je devais aussi appeler les maîtres du griffon Roger à Athènes. Ils s'offraient une croisière homérique et m'avaient prié de les joindre sans faute durant une brève escale, pour leur dire si Roger était sage. J'allais leur dire que oui. Mais c'était un gros gros mensonge. Vu que ce griffon assoiffé de sang venait de tuer la seule de nos poules que ça amusait de pondre un œuf une fois de temps en temps et de si bien arranger notre jars qu'on se demandait si on n'allait pas le perdre aussi. Majeunot lui avait rafistolé le cou avec un collier d'albuplast. Mais ce n'était pas joli joli à voir. Il avait la tête qui branlotait à chaque mouvement qu'il faisait, le jars. Notez que ça ne me tracassait pas beaucoup de le savoir mort ou vif. La volaille moi... Je ne mettais les pieds dans le poulailler que pour y récupérer Roger et lui administrer une raclée symbolique avec le martinet acheté par Jeanne spécialement pour lui. Et il s'en contrefichait, de mes raclées symboliques. Je le tapais — pas fort mais quand même — et il me faisait fête. Je lui criais dessus. Il me jetait un regard filou. Je criais plus fort. Il se laissait choir de tout son poids, se roulait par terre sur le dos, pattes écartées, dans la paille rouge du sang de ses victimes et me faisait mille grâces. Alors je le privais de viande. Il soupait sans rechigner d'un croûton de pain rassis pas même mouillé. Je le faisais dormir tout seul dans la plus noire des caves. La fête, les grâces n'en continuaient pas moins. Il fallait faire quoi pour le corriger ? L'abattre d'un coup de fusil ? Je n'avais pas de fusil. Et quand même j'en aurais eu un, j'aurais laissé Roger trucider toutes les bêtes à plumes du département d'Indre-et-Loire sans appuyer sur la gâchette. Et il le savait, il savait que je dirais à ses maîtres qu'il était sage comme une image.

Je pensais à ça, à Roger, à sa malignité, aux autres chiens, à leurs habitudes, à leurs petites manies, en me rendant à la Poste par cette route pas même goudronnée, avec ses chants d'oiseaux et, au loin, les meuh-meuh de la vache de la vieille du coteau aux Coudriers.

Je pensais aussi que ma vie avait furieusement changé. Des mois que je n'avais pas vu un film, moi qui les voyais tous. Des mois que je n'avais pas lu un journal, un magazine, moi qui les lisait tous. Des mois que les nuits où ça aboyait vraiment trop fort pour que le sommeil vienne, je feuilletais les antiques bulletins paroissiaux du diocèse de Tours collectionnés par la cousine Aurore et curieusement épargnés par les souris et autres papivores. Saintes et saines lectures qui m'apprenaient que « la collecte organisée par les Sœurs de la Sagesse au profit des petits Chinois avait permis de réunir deux tonnes d'emballages de chocolat en papier d'argent », que le sept octobre mil neuf cent vingt-sept, « la Très Sainte Vierge était apparue, vêtue de bleu et nimbée d'une vive lumière rose, à une sourde-muette qui gardait des vaches à Vouzillon-sur-Brenne », qu'en mai mil neuf cent trente-deux, « Monseigneur Morceau avait confirmé dans la foi de leur baptême deux cent sept garçons et deux cent quarante-trois fillettes », que « Placée sous la très haute bienveillance de saint Romuald (fondateur de l'ordre des Camaldules), l'année mil neuf cent quatorze serait une année de concorde et d'amour » que « la chorale Sainte Madeleine de Chouilloux venait de fusionner avec la chorale Haut-les-cœurs de Bombières », que « Monsignore Achille Ratti né en 1857 à Desio venait d'être élu Pape et qu'il avait choisi le nom de Pie XI »... Mes seules lectures, ces bulletins paroissiaux, avec les bouquins savants de Majeunot auxquels je recourais de moins en moins souvent parce que je commençais à m'y connaître un peu question chiens. Je commençais même à m'y connaître un peu question campagne. Il m'arrivait de dire, en jetant un coup d'œil à un ciel nocturne, le temps qu'il ferait le lendemain et de ne pas me tromper. Il m'arrivait de dire d'un arbre que c'était un peuplier et que ça en soit un. Il m'arrivait de deviner d'où soufflait le vent et de prévoir, à temps, l'ondée qui risquait de tremper nos pensionnaires et de nous contraindre à une harassante séance de séchage collectif.

C'était net : la campagne ne me faisait plus autant horreur.

Normal : cette campagne devenait chaque jour un peu plus *ma* campagne. Et, au château, je n'étais pas en vacances. Il s'en fallait même de beaucoup.

J'étais devenu — qui l'eût cru ? — un travailleur.

Ne portant plus jamais de cravate, chaussé de lourds brodequins des surplus américains, toujours en T-shirt, jean et blouson, les cheveux coupés par Jeanne (avec la tondeuse « made in Germany » des chiens), rasé un jour sur trois (ou quatre), je tournai lentement mais sûrement au péquenot. Au péquenot romanesque. Un peu Henry Fonda dans « Les raisins de la colère », si vous voyez ce que je veux dire.

Et la postière avait l'air d'apprécier ce style-là. Elle était jeune, menue et blonde, la postière de Noisilles. Et plaisante. Elle ne donnait jamais l'impression d'être sur le point de sortir une arme à feu de son tiroir et de vous révolvériser comme les postières parisiennes. Elle semblait trouver parfaitement naturel de vendre des timbres, d'encaisser ou de payer des mandats, de copier sans faute et de relire sans erreur ni fureur le texte des télégrammes, de peser des paquets, d'expliquer au monde la différence qu'il y a entre un recommandé simple et un recommandé avec accusé de réception. Elle était calme. Et serviable.

Ça ne l'ennuyait aucunement d'appeler — en PCV — une madame Mariposa à Salinas (Californie) et un monsieur Rouquier à l'hôtel Heraclion à Athènes.

— Athènes, nous allons l'avoir tout de suite. Mais pour Salinas, ça risque d'être long.

— Pas grave : j'attendrai.

Et je m'assis sur la banquette en bois encaustiquée de frais, face au guichet. Et je contemplais la postière jeune, menue et blonde. Elle avait vingt, vingt-deux ans à tout casser. Elle devait être du coin. Sûrement tourangelle. Il n'y a que les gens de Touraine pour parler si joliment et si simplement le français. Elle avait les yeux bleus. Bleu pâle. Et pas de maquillage. Ou alors, peut-être, une fine, fine ligne autour des yeux pour qu'ils semblent plus bleus, plus pâles encore.

Je m'allumai une cigarette en rêvassant aux maîtres de l'infâme Roger et à leur odyssée. Ils devaient être bardés d'appareils photographiques et gaspiller des masses de rouleaux de pellicule pour accumuler le plus de diapositives possible pour les projeter à leurs amis en rentrant... « Ça, c'est l'Acropole : beau, grand. Mais chaud. C'est à se demander comment les Grecs de l'Antiquité qui n'avaient pas de thermos pouvaient y tenir... Ça, c'est Corfou. L'île de Nausicaa. On y mange très mal. Et à quels prix ! D'ailleurs, la Grèce, question nourriture... A part le poisson. Mais le poisson, on en a vite fait le tour. Un coup bouilli, un coup grillé, un coup en sauce... Et leurs sauces, aux Grecs, ouillouillouille ! Et puis qui dit poisson dit urticaire. J'ai eu une de ces crises. A Santorin, ça m'a pris... J'ai cru devenir folle. Fallait qu'on s'arrête tous les cinq cents mètres et qu'on trouve un coin où se cacher pour que Max me gratte dans le dos... Ça, pour la gratter, je l'ai grattée... Ça, c'est le palais du Minotaure... Il avait un palais ? Je croyais que c'était un taureau... Moi, je vous répète ce que le guide nous a dit... Des guides à ces prix-là, si, en plus, fallait pas croire ce qu'ils vous racontent... A Delos, y en a un qui m'a refait de cinquante drachmes.

— Vous avez Athènes monsieur. Dans la cabine.

C'est madame Rouquier qui décrocha. Elle m'entendait très mal. Il fallait que je crie. Elle n'entendait toujours pas. Alors j'ai hurlé. J'ai hurlé que Roger était sage comme une image, qu'il était très obéissant, qu'il s'amusait beaucoup, qu'il s'ennuyait sûrement de ses maîtres mais ne le laissait pas paraître, qu'il n'avait pas maigri, au contraire, que, non, il n'avait pas eu de coliques...

Trois unités ! Elles leur seraient facturées, aux maîtres à Roger, ils n'y couperaient pas.

Pour Salinas, le PCV était accepté mais il y avait une heure d'attente. Le temps de retourner au château et d'en revenir. Je décidai d'aller plutôt boire un petit quelque chose au Café de la Mairie. Au moment de commander un thé-citron au patron à casquette et trogne rubiconde, je me ressaisis et demandai un verre de vin. Rouge ou blanc ? Rouge. Rien à voir avec ce qu'on buvait chez l'ami Majeunot. Ça râclait la gorge. Beurk !

Ce rouge râpeux bu et payé, je fis le tour du village. J'entrai dans l'église pour y découvrir un galopin — sûrement un enfant de chœur — qui attendait l'heure du salut en essayant de jouer « Les gens m'appellent l'idole des jeunes » à l'harmonium. Parti comme il était parti, il n'y arriverait pas. C'était une église du Grand Siècle (avec de belles pierres moussues et une chaire superbe) malheureusement salopée au siècle dernier par des peintres saint-sulpiciens qui l'avaient constellée de saintes Geneviève et Véronique ostentatoirement tuberculeuses et de jeunes gens efféminés aux regards louches et aux gestes équivoques qu'on reconnaissait pour des anges à cause des plumes d'autruches (très Casino de Paris) qui étaient accrochées dans leur dos. Il y avait aussi un immense portemanteau en tubes de métal chromé qui — étant donné sa situation au centre du maître-autel — devait être un crucifix dernier cri.

Écœuré, j'abandonnai ce saint lieu sans même avoir pensé à dire la rituelle petite prière des chrétiens de mon espèce qui ne pensent à se rappeler au bon souvenir de leur Créateur que quand ils ont la trouille de mourir ou quand les hasards du tourisme les entraînent dans un sanctuaire. Il me restait encore une demi-heure et j'avais tout vu de Noisilles. Alors, j'allai chez le boulanger, j'achetai deux tartelettes et deux éclairs et je regagnai la poste.

— Toujours pas d'appel de Salinas, me dit la jeune, menue et blonde postière.

— Nous attendrons en faisant quatre-heures. Vous aimez les gâteaux j'espère ?

— En dehors des heures de service, je les adore.

— Vous croyez que le Ministre des Postes vous mettrait au piquet s'il vous surprenait en train de manger cette tartelette ?

— Le Ministre, je ne sais pas. Mais mon chef, oui. Je dépends de la poste de Gravières. Je ne suis qu'auxiliaire. Et le chef du bureau de Gravières est très strict. Défense de fumer. Défense de donner des communications personnelles. Défense d'enlever sa blouse.

— Bon appétit quand même.

— Comment vous avez deviné que ce que je préfère, c'est les tartes aux fraises ?

— Il n'y en avait pas d'autres. L'éclair, vous voulez celui au café ou celui au chocolat ?

— Chocolat.

C'était agréable de jouer à la dînette dans ce bureau de poste si tranquille, en compagnie de Violette. Car elle s'appelait Violette.

— Ah ! Ça sonne ! C'est sûrement Salinas.

C'était Salinas. Madame Mariposa. Elle me demanda où en étaient ses yorkshires. Ils en étaient au meilleur de leur forme. Tic avait pris quarante grammes et Tac soixante-dix... C'est horrible ! hurla-t-elle. Ils vont devenir énormes ! Je la rassurai. Ils étaient toujours aussi croquignolets. Madame Mariposa me dit de leur dire qu'elle leur avait acheté plein de cadeaux. Des jouets étonnants. A commencer par un yorkshire deux fois plus petit qu'eux, électronique, avec commandes à distance, et qui chantait « Happy, happy dog », une chanson de là-bas très très enlevée. Elle était persuadée que ce cadeau allait emballer Tic et Tac. Elle ne savait pas quand elle rentrerait parce qu'elle allait tourner dans un film et que...

Vingt minutes. Heureusement que c'était en PCV !

Violette, qui avait tout entendu, ne put se retenir de me dire qu'elle avait un chien elle aussi, un corniaud — Tulipe — qu'elle avait reçu en cadeau quand elle avait décroché son certificat d'études. Elle me demanda combien d'années il lui restait encore à vivre, à son chien, étant donné qu'elle avait eu son certificat il y avait déjà onze ans. Je lui dis, qu'en toute honnêteté, je ne pouvais lui répondre, parce que je ne fréquentais pas les chiens depuis assez longtemps. Elle me demanda ce que je faisais avant les chiens. Quand je lui dis que j'étais critique de cinéma à la radio, elle sourit :

— C'était donc ça. Votre voix, pas quand vous m'avez parlé, mais au téléphone, elle me disait quelque chose. C'est vous que j'entendais tous les jours au Journal de Treize Heures.

— Ça devait être moi, oui.

— Quand je vais dire ça à ma mère...

Jeanne m'avait demandé, puisque j'allais à la poste, de me renseigner sur les démarches à faire pour qu'on nous installe le téléphone au château. Car nos activités devenant chaque jour plus intenses, le besoin d'un téléphone se faisait de plus en plus pressant. Mais j'oubliai de me renseigner à ce sujet. Peut-être pour avoir le plaisir de revenir souvent et longtemps téléphoner dans ce paisible bureau de poste tenu par une Violette jeune, menue, blonde, aimant les tartes aux fraises et les éclairs au chocolat et se souvenant de la voix que j'avais quand j'étais un homme de radio.

Le jour des tartelettes et des éclairs, c'était un mardi. Un mardi d'été.

Puis il y eut un automne, un hiver (rigoureux, très rigoureux), un printemps et un autre été, et encore trois autres saisons et ce fut encore l'été. Un été chaud.

La PENSION POUR CHIENS, DANS UN CADRE MAGNIFIQUE ET SÉCULAIRE était devenue une excellente affaire. C'est bien simple : il y avait une liste d'attente. Bien sûr, le griffon Roger (le tueur de poules) était retourné chez ses maîtres. Et aussi Napoléon deux, Bouf, Tapioca, Coincoin, Follette... Et la vieille madame Fourchy avait récupéré Trompette — ce qui fit qu'Orléans sombra dans la plus noire des dépressions et qu'il ne quitta plus son coin, refusant même de gambader avec Anjou, Béarn et Valois qui vieillissaient sûrement mais doucement. Ah ! le mâtin Médor était toujours là. Toujours en sentinelle. Son maître nous en avait fait cadeau. Ce qui m'arrangeait bien. Car cet énorme chien un peu borné (mais si câlin, au moins avec moi) était un surveillant général de tout premier ordre. Il y avait des « nouveaux », forcément : pas mal de caniches encore, un samoyède pas très liant, un sloughi farceur, un basset (Pirate) qui tenta (mais en vain) de remplacer Trompette dans le cœur d'Orléans, deux beagles, trois pékinois qui ne pouvaient faire leurs besoins que sur du papier journal et écornèrent salement ma précieuse collection de bulletins paroissiaux.

L'infâme Ginette (dont je préfère passer sous silence les innombrables malignités) était partie et la laide (mais très sympathique) Simone la remplaçait. Elle était tellement active, cette Simone, que Jeanne put enfin (son rêve !) ne plus s'occuper d'aucun chien et consacrer la totalité de son temps à la paperasserie et aux mondanités.

A tout bout de champ elle recevait. Des dames. Des dames qu'elle dénichait dans les coins les plus perdus du département et pour lesquelles elle faisait un éblouissant numéro de châtelaine. A croire que c'était une cousine à elle, et non à moi, qui nous avait légué le château.

A croire que son riche papa n'était pas le très vulgaire monsieur Fougnard, fabricant de papier hygiénique. A croire que c'était moi, et non pas elle, qui avais eu l'idée de prendre des chiens en pension. Cinq ou six fois la semaine, elle donnait un thé dans le jardin d'hiver (la seule pièce vraiment impeccable de notre drôle de château). Je n'étais d'aucun de ces thés. Avec mes godillots crottés en permanence et mes jeans fleurant le chien à un kilomètre, je les aurais « déclassés » ces thés, et fait fuir les dames poseuses et croqueuses de macarons.

Privé du (très relatif) honneur de papoter avec les commères de Jeanne, je m'en consolai en buvant des bols de chocolat à la cuisine avec la brave Simone. En buvant force verres d'excellents vins avec l'admirable Majeunot. Ou en mangeant, sans boire, des pâtisseries avec la postière Violette.

Car nous n'avions toujours pas le téléphone. Ce qui exaspérait Jeanne et me faisait assez plaisir. J'aimais bien aller à la poste téléphoner à des dames sensibles, que « la petite colique de Patapouf était passée » ou que « Noiraud avalait chaque jour sans faire d'histoires son yaourt à la levure de bière ».

Violette — je disais : mademoiselle Violette — se chargeait volontiers de répondre aux questions des maîtres qui téléphonaient à des heures où le devoir m'interdisait de quitter le château. Elle était très obligeante, Violette. Et plus menue et blonde que jamais.

Elle vint au château, un dimanche. Mais elle ne vit pas Jeanne qui était dans le jardin d'hiver en train d'organiser avec une douzaine de vieilles biques une vente de charité au profit des mères nécessiteuses (et catholiques) de Noisilles. Entreprise d'autant plus dénuée de sens que Noisilles ne comptait qu'une seule mère nécessiteuse, une fille-mère si peu catholique qu'elle vendait l' « Huma-dimanche » à la sortie de la messe.

Violette trouva le château plus beau que Chambord, Amboise ou Langeais, parce que « vivant et habité ». Elle voulut voir tous les chiens, admira de loin le samoyède, caressa le crâne du sloughi, lança leur balle aux deux beagles et fit si forte impression sur le basset Pirate que celui-ci voulut absolument repartir avec elle. Ce à quoi le mâtin Médor s'opposa fermement.

Ce jour-là, elle avait une robe jaune paille, Violette, et les cheveux relevés.

Simone avait fait un clafoutis que nous dégustâmes avec elle dans la cuisine en parlant cinéma. Ça faisait des siècles que ça ne m'était pas arrivé. J'émerveillai ces demoiselles en leur citant, sans même prendre le temps de réfléchir, le nom de la partenaire de Delon dans « Le Professeur », celui du comédien que le flic campé par Jean Gabin voulait absolument venger dans « Le Pacha » et tous les films d'Isabelle Adjani, le « Petit bougnat » inclus.

On se serait cru à un jeu télévisé. Et j'étais très à mon aise dans la peau du candidat sûr de décrocher la timbale.

Ce fut un dimanche très plaisant.

Le lendemain, le lundi, j'eus la bonne surprise de voir revenir une vieille relation : Sidonie, la caniche psychopathe qui avait fait tant de mal à la famille Nevedziewjz, Sidonie la dingue, Sidonie à qui j'avais cassé une dent et si maladroitement ratissé les poils. Sa maîtresse nous la confiait pour un mois encore et Sidonie me reconnut et me lécha les brodequins avec extase.

J'étais content de revoir Sidonie. Elle était toujours folle d'élégance et folle tout court.

Ce lundi-là, nous eûmes la première vraie grande dispute de notre vie, avec Jeanne. A cause de Moustachu.

Il pouvait être quatre heures de l'après-midi et nous faisions notre promenade du jour. Nous : moi et les trente et un chiens assez d'attaque pour me suivre. La promenade du jour était devenue un rite. Quel que soit le temps, tous les jours que Dieu faisait, le moment venu, je me plantai sur le perron et j'appelai énergiquement : « Les chiens ! Les chiens ! » Et les chiens sortaient de leurs paniers, des coins et recoins où ils étaient en train de rêvasser, somnoler, ou faire des idioties. Et ils se groupaient. Pas aussi géométriquement que des militaires que leur général va passer en revue. Non. Ils formaient une masse sans forme bien définie et excessivement grouillante. Une sorte de meute désordonnée. Mais ils répondaient quasiment tous et toujours à mon appel. Et la promenade commençait. Je marchais devant, ils me suivaient et Médor fermait la marche, prêt à tancer les traînards, les fugueurs, les zigzagueurs comme un chien de berger tance les moutons de son troupeau. Et nous faisions nos trois, quatre, cinq, six kilomètres. La distance parcourue et la durée de la promenade dépendant exclusivement de mon humeur. Nous changions souvent d'itinéraire. Un coup c'était le château-Noisilles et retour. Un coup le château-Vouvray et retour. Un coup on longeait la Brenne jusqu'au pont de Bellines. Un coup on marchait dans le bois. Parfois je chantais, je braillais à tue-tête « Oui nous sommes les joyeux corsaires » ou « Ne pleure pas Jeannette ». Et certains chiens se mettaient à aboyer. En cadence. Ou presque. Ils faisaient comme ils pouvaient. Et les paysans qui nous voyaient passer posaient leurs bêches ou leurs binettes et applaudissaient en se tordant de rire. Il y avait aussi quelques Noisillais chagrins qui nous jetaient des pierres. Alors je criais : « On ne bouge pas, les chiens ! On ne répond pas ! » Et les chiens se contenaient. Ou — soyons précis — Médor les contenait. Bien sûr, il y avait des arrêts-pipi. Et même, quand la route était longue, des arrêts-repos avec distribution de friandises (le plus souvent des morceaux de biscottes).

Ce jour-là, il y eut un arrêt-trempette. Il faisait si chaud, si lourd. Donnant l'exemple, je retirai mes brodequins, retroussai mes pantalons et avançai dans l'eau fraîche de la Brenne (une rivière si peu profonde qu'un basset ne sachant pas nager ne s'y serait pas noyé) et les chiens, les trente et un chiens, se mirent à l'eau, jappant de bonheur, s'éclaboussant, faisant des vagues, des ploufs, des galipettes.

On s'amusait ferme.

Et, sur le rivage, un petit chien blanc à taches noires nous regardait faire. Un corniaud au poil tout à fait ras et si famélique qu'on aurait pu compter ses côtes sans y mettre le doigt. Il avait l'air triste, mais triste...

Je le sifflai. Il me regarda mais ne bougea pas. Je lui fis comprendre qu'il pouvait plonger comme mes chiens à moi, qu'il ne serait pas de trop.

— Viens donc, ballot. Puisque je te dis qu'il y a de la place pour toi aussi.

Il ne voulait pas venir. Il avait peur.

Laissant mes trente et un brigands transformer la tranquille rivière en océan déchaîné, je m'approchai, lentement pour ne pas l'effaroucher, du petit chien blanc à taches noires. Il ne bougea pas, me laissa venir. De près, il avait l'air encore plus triste. Je pris ma musette, j'en sortis une biscotte. Alors là... Adieu, la timidité, la crainte. Le jeune corniaud se rua sur la biscotte et la dévora à la vitesse de l'éclair. Une seconde biscotte subit le même sort. Et une troisième. Après quoi, se léchant les babines, il me fixa avec ses yeux pas beaux mais qui en disaient très long.

Pas de doute possible, ce bestiau crevant de faim était le type même du corniaud « made in Paris ». Un chien de bougnat habitué à traîner sur les trottoirs, dans les cours. Un chien sûrement chic type, sûrement un peu voyou. Habitué à se faire traiter de « sale clébard » par des livreurs de coca-cola, des démarcheurs minables, des balayeurs de rue congolais et des clochards plus couverts de puces que lui. Ce qu'il faisait là, en plein mois de juillet sur les rives de la Brenne ? Facile à dire : un chien sacrifié à la folie vacancière, son maître roulant à cent quatre-vingts dans une Peugeot bourrée de moutards crispants, de grand-mères crispées et de valises pleines de choses inutiles avait dû estimer que cet infime corniaud tenait vraiment trop de place et il avait ouvert la portière et l'avait balancé sur l'autoroute. Et le toutou s'était retrouvé perdu, dans le fracas des automobiles, des camions. Et il avait manqué être écrasé cent fois. Et il avait réussi à se garer des voitures en se sauvant dans une campagne comme il n'en avait jamais vue, effroyablement effrayante avec ses vaches, ses moutons, ses oiseaux, ses arbres, ses herbes, ses épouvantails. Et il avait marché droit devant lui, pleurant ses maîtres indignes. Et il avait eu froid et faim. Et il attendait la mort.

Nous étions un homme et trente et un chiens à l'aller. Au retour, il y avait trente-deux chiens. Dont un corniaud tout content d'avoir fait connaissance avec un homme qui avait des biscottes plein sa musette.

Naturellement, le samoyède, le sloughi et quelques chiens issus des quartiers nobles de Paris, tentèrent de faire comprendre à ce minable qu'il n'avait rien à faire dans leur bataillon chic et snob. Mais Médor leur rappela qu'ils étaient là pour marcher et pas pour faire preuve de racisme.

Sitôt arrivé au château, j'emmenai le petit nouveau

à la cuisine et je le présentai à Simone qui, tout en le gavant de lait, me demanda comment on allait l'appeler. Il avait une tête à s'appeler Moustachu.

Quand Jeanne vit Moustachu, elle poussa un cri d'horreur.

— Qu'est-ce que c'est que ÇA ?

— Un chien abandonné, sûrement. Il était sur la rive de la Brenne, tout perdu, tout triste.

— Et il fait quoi ici ?

— Il crevait de faim. Alors je l'ai prié de me faire l'honneur de venir manger un petit quelque chose.

— C'est fait ? Il a mangé ?

— Et comment. Un ogre, un vrai ogre.

— Si il a mangé, il peut s'en aller.

— S'en aller ? Mais s'en aller où ça ?

— Qu'est-ce que j'en sais, moi ? S'en aller où il voudra.

— Puisque je te dis que c'est sûrement un chien abandonné. Ses salauds de maîtres doivent être déjà arrivés là où ils vont passer leurs vacances. Tu sais bien, Jeanne, que chaque année des milliers et des milliers de salauds...

— Tu n'as quand même pas l'intention de le garder au château ?

— Bien sûr que si.

— Non, Julien.

— Enfin, Jeanne, ce chien est perdu. Il n'a plus...

— Non, Julien.

— Ce n'est pas ce petit bâtard haut comme trois pommes qui nous gênera beaucoup.

— Il n'est pas question de garder cette vilaine chose ici, Julien. Il n'en est pas question parce que notre clientèle ne l'admettrait pas. Tu imagines madame

Pont-Béchamp venant rendre visite à son sloughi et tombant sur ce chien de concierge ? Ou la Comtesse Vilroska ? Ou les maîtres de Scarlett O'Hara ?

— Jeanne ?

— Oui ?

— C'est sérieux ce que tu dis là, ou tu plaisantes ?

— C'est tout à fait sérieux.

— Mais si c'est sérieux, Jeanne, c'est terriblement con !

Jamais un mot aussi ordurier n'était sorti de ma bouche en présence de Jeanne. Elle fit trois pas en arrière. Stupéfaite, douloureusement stupéfaite.

— Mes compliments, Julien. Je constate que la fréquentation des chiens des rues te réussit.

— Oh ! Jeanne, ça ne te ferait rien d'arrêter un instant de jouer les duchesses ?

— Fous-moi la paix ! Tu m'entends ? FOUS-MOI LA PAIX ! Et fais-moi le plaisir d'aller rapporter cette petite crevure de chien là où tu l'as ramassée.

— Il n'en est pas question ! Ce chien restera ici.

— Tu vas voir comment il va rester ici !

— Méfie-toi, Jeanne, si tu touches à ce chien...

— Je vais me gêner. Je vais te le prendre par la peau du dos, cet affreux, et te le...

— Jeanne ! Je t'interdis de toucher à Moustachu. Tu peux faire tout ce que tu veux de tous les chiens à cent francs et plus la journée de pension qui encombrent mon château. Tout ce que tu veux. Tu peux les noyer. Les cuire à la broche. En faire des paupiettes. Mais si tu touches un poil, un seul poil de Moustachu, je divorce ! C'est MON chien et je ne permettrai pas que tu...

Une porte claqua. Jeanne n'entendrait pas la fin de

ma phrase. Jeanne s'était, avec un souverain mépris, retirée dans ses appartements.

Et Moustachu me regardait avec ses yeux marron tout ronds. C'est vrai qu'il était moche. C'est vrai qu'il avait tout du chien de concierge. C'en était peut-être un.

Quand je partis faire une petite balade, histoire de me changer les idées, il m'emboîta le pas.

Il avait les pattes trop courtes. Une oreille noire et une oreille blanche. Une queue qui n'en finissait pas de faire des moulinets. Personne ne me l'avait confié en me disant qu'il « était très câlin ». Mais il l'était sûrement. Câlin et collant.

— T'es collant, hein ? Maintenant que tu m'as trouvé, tu ne vas plus me lâcher. Jamais plus. Et si je te trouvais un gentil maître ? A Noisilles, j'arriverais peut-être à te caser. Le problème c'est que, si je me débarrasse de toi, Jeanne croira que j'ai capitulé, qu'elle a gagné. Alors pas question. Je te garde. Je te garde mais c'est pas par plaisir. Tu vas être un boulet pour moi. Tu comprends ce que je te dis ? Non. Tu ne comprends pas. T'es aussi bête que pas beau.

Les sarcasmes, il s'en moquait bien, Moustachu. Il n'avait plus faim, plus peur. Il s'était trouvé un père sûrement plus reluisant que celui qui l'avait jeté hors de sa voiture. Il était heureux.

Moi aussi j'étais heureux.

Heureux de m'être disputé avec Jeanne ? Heureux d'avoir de grosses chaussures aux pieds et de marcher dans le soir en compagnie d'un jeune mammifère ni beau ni intéressant qui m'avait adopté ? Heureux parce que j'allais aller passer un moment avec le cher vétérinaire Majeunot ?

C'était ça ! J'allais marcher jusqu'à la maison de ce « vieux fou » de Majeunot. Il aurait sûrement quelque nouveau vin à me faire goûter et quelques drôleries à me faire entendre.

C'était loin, chez Majeunot. Mais Moustachu m'aurait suivi au bout du monde.

Quand le vétérinaire vit le chien trouvé, il poussa un cri, lui aussi. Mais pas d'horreur : il était hilare.

— C'est quoi ce que vous m'amenez là ? Un animal que vous avez fabriqué ? Un croisement de setter irlandais et de grenouille ? Faut vite faire une communication à l'Académie des Sciences. C'est grandiose, cette bestiole.

— Ça doit être un chien de vacanciers. Il était perdu au bord de la Brenne.

— Ça va. Pigé. N'en dites pas plus. Ce genre d'histoires, ça me fait voir rouge. Penser qu'il y a des hommes assez peu humains pour larguer des chiens ou des chats sur une Nationale... Je vais vous dire une chose, Julien, je vais vous donner la réponse à la question que vous ne m'avez jamais posée : je vais vous dire pourquoi je bois.

— Ça ne me regarde pas, docteur.

— Ne me dites pas docteur, et ne me dites pas que ça ne vous regarde pas. Ça vous regarde parce que vous êtes mon ami et qu'en plus je n'ai aucune honte de mon ivrognerie. Je suis ivrogne et pas fâché de l'être parce qu'il y a vraiment trop de saloperie partout. Je veux dire les guerres, les attentats, les crimes crapuleux ou pas crapuleux mais crimes quand même, et les bourreaux d'enfants et les bourreaux de bestiaux... La saloperie humaine, quoi ! J'ai fait l'Afrique, Julien, les Afriques. Celle du Nord, celle du Milieu et celle du Sud.

J'ai fait un bon bout de l'Amérique. J'ai été rôder quelque temps en Indonésie. J'ai traîné mes guêtres en Espagne, en Italie, en Hollande, en Suède et dans bien quarante départements français. Et j'ai vu quoi, dans ces endroits-là ? Des gens parlant des langues très différentes les unes des autres, des gens qui n'avaient ni la même peau, ni les mêmes affûtiaux, ni le même Dieu, ni les mêmes jours fériés, et qui assaisonnaient leurs ragoûts pas du tout de la même manière. Et ces gens, tous ces gens, ils avaient quand même trois points communs : leur goût immodéré de l'argent pour commencer. Que ce soit des francs, des dollars, des dinars, des lires, des yens, des marks, des drachmes, des sapèques, des couronnes ou des pesetas, ils voulaient tous en amasser le plus possible, et par n'importe quels moyens. Ce qu'ils avaient encore en commun, tous ces gens, de tous les pays où j'ai été fourrer mon gros nez rouge, c'était leur vulgarité. Oui, Julien, leur profonde et indécrottable vulgarité. Parce que c'est vulgaire, incroyablement vulgaire, un homo sapiens, comparé à une brebis, une girafe, une aigrette, une gazelle, une libellule, un papillon, un chat, un tigre, un sapajou ou même un éléphant de deux tonnes. Sur une plage, même Miss Univers, même Monsieur Muscle, comparés à un merlan, une étoile de mer ou un crabe, ils sont vulgaires. Monumentalement vulgaires. Même le plus beau Zoulou, comparé à l'autruche qui lui court aux fesses qu'il a nues, il est vulgaire. Et en plus de leur soif inextinguible de pépettes et de leur vulgarité sans bornes, ils ont quoi, ces bipèdes que j'ai observés un peu partout sur terre ? Un don naturel, un goût profond pour la saloperie. Ils ont fait quoi, ils ont inventé quoi, depuis que le monde est monde, les hommes ? Le fer à friser, d'accord. Le pèse-bébé. L'ascenseur. La harpe. Le stylo à bille. La brouette. Le métier à tisser. Le baromètre. Sans doute. Sans doute. Mais ils ont surtout inventé le vingt-deux long rifle, le colt, le browning, la bombe atomique, le fouet, la chaise électrique, le bazooka, le couteau à cran d'arrêt, la guillotine, le pal, la baïonnette, le tank. Et, rayon des engins à faire le mal, j'en passe et des meilleurs. Pourquoi je n'ai pas la télé, Julien ? Parce que je ne veux pas voir les gangsters pour rire des films policiers tuer des innocents pour rire. Et encore moins voir les vrais gangsters des actualités tuer de vrais innocents. Parce que je ne veux pas voir les guerres, les prises d'otages, les lynchages, les ratonnades. Pourquoi je bois ? Parce que, si je n'étais pas — en ce moment même — trop saoul pour bien viser, j'irais emprunter un fusil au premier paysan venu (ça serait facile : ils en ont tous !) et j'irais me poster au bord de la route nationale la plus proche et je vengerais ce gentil vilain petit chien en faisant feu sur le premier automobiliste qui passerait. Ceci dit, buvons, Julien. Buvons pour oublier pourquoi on boit.

Et nous attaquâmes une bouteille de maupoincy. Un cru que j'ignorais. Intéressant. Gouleyant. Très gouleyant. Et Moustachu eut droit à un reste de civet qu'il apprécia vivement. Et Majeunot se bourra une pipe et m'en dit un peu plus sur toutes ces contrées — peuplées de gens cupides, vulgaires et malfaisants — qu'il avait visitées. Il me raconta Tunis et ses souks et ses charmeurs de serpents terrifiants et, à son idée à lui, bien moins dangereux que nos petites vipères de par ici, il me raconta Munich et ses buveurs de bière (zéro ! néant ! la bière, comparée au vin !), Barcelone et sa plaza des toros où il avait failli être mis en pièces par dix ou vingt mille agités parce qu'il avait traité — à haute et intelligible voix et au beau milieu d'une brillante corrida — El Cordobès d'assassin, il me raconta comment, à Trafalgar Square, en Angleterre, il avait tabassé un homme qui tabassait son chien. Quel bavard ! Quel merveilleux bavard ! Brusquement, alors qu'il allait me raconter avec tous les détails requis, une sombre histoire d'abattoirs clandestins à Djibouti, il s'arrêta, posa sa pipe dans un cendrier, se leva et souleva Moustachu de terre.

— Votre enfant trouvé, je vais lui faire une petite injection de B 12. Il est trop pâlichon trop maigrichon. Il pèse à peine le poids d'une sardine. C'est malin !

Majeunot avait trop bu. Son pas était incertain, ses yeux étaient flous, ses mains tremblaient. Mais dès qu'il saisit la seringue, l'ampoule, le coton, le flacon d'alcool à 90, plus le moindre tremblement. Il piqua si vite et si droit que Moustachu ne se rendit compte de rien. Après la piqûre, nous avons vidé une autre bouteille puis nous sommes repartis dans la nuit, Moustachu et moi. Une nuit d'une douceur...

Simone m'attendait, assise sur le perron. Elle m'attendait parce qu'elle avait une commission à me faire.

— Madame m'a dit de vous dire que vous deviez aller dormir où vous voudrez mais pas dans sa chambre. Elle m'a dit de vous dire aussi qu'elle ne vous parlerait plus. J'aurais peut-être dû essayer de la raisonner, Madame, mais j'ai pas osé. Madame, moi, elle me fige. Surtout quand elle est comme ce soir. Elle a cassé le saladier bleu et toutes les assiettes à dessert. Elle a pas voulu dîner. Et elle m'a dit que je faisais tout de travers.

Pauvre Simone. Dans le noir, on ne voyait plus qu'elle était laide. Et on se rendait compte qu'elle avait une jolie voix.

— Si vous voulez vous installer dans ma chambre, monsieur Julien... Je vous ai mis des draps propres. Moi je dormirai sur le canapé du salon d'hiver.

— Absolument pas, Simone. Absolument pas.

Simone a dormi dans son lit. Et moi, sur l'herbe. Avec Moustachu.

Et j'ai rêvé que j'étais dans l'arche de Noé, il y a des milliers et des milliers d'années, avec des milliers et des milliers d'animaux. Et Noé avait la tête de Majeunot et il n'arrêtait pas de bougonner que « quand on est le Bon Dieu, ça ne serait pas plus compliqué de faire un déluge de vin qu'un déluge d'eau ».

Qui aurait pu s'attendre à ça ?

Sa maîtresse ne le savait pas en nous la confiant. Ça ne se voyait absolument pas. Rien ne le laissait prévoir. Rien.

Et pourtant le fait était là : la caniche Sidonie venait de mettre bas neuf chiots. Tous bien vivants. Adorables, se tortillant comme de mignons asticots, cherchant avec maladresse les mamelles d'une Sidonie épanouie et à coup sûr ravie de cette blague énorme qu'elle nous avait faite à tous. Elle avait accouché — allez savoir pourquoi — dans le poulailler, sous les regards étonnés de la volaille.

C'est Simone qui était tombée sur cette surprenante « maternité » en allant, comme chaque matin, au ramassage des œufs coque.

Et Jeanne qui n'était pas là. Ni la voiture. Suite à notre violente prise de bec, Jeanne était partie, sans un mot, depuis trois jours. Sans doute à Paris chez ses parents. Dieu merci, Simone avait son vélomoteur et elle fila chercher Majeunot. Et Majeunot était à des kilomètres de là. Il était parti superviser la saillie (fatalement complexe) d'une vache caractérielle mais si bonne laitière que ses patrons voulaient qu'elle devienne maman, coûte que coûte. Deux fois déjà, cette vache avait rebuté des taureaux connaissant pourtant parfaitement leur affaire. C'était la troisième tentative et on avait insisté pour que Majeunot, en qui on avait une confiance sans limite, soit présent.

En attendant Majeunot, je me ruai sur ses précieux vieux bouquins et me renseignai sur la « mise bas », événement dont notre Pension n'avait jamais encore été le théâtre. Je sautai les prémices (préparation de la future mère, confection de la couche) désormais bien superflus et en vins aux soins à prodiguer à l'accouchée. Il fallait d'abord la transférer, avec sa marmaille, dans une caisse propre et dans un lieu de préférence isolé et bien climatisé. Facile. Sidonie et ses charmants rejetons se retrouvèrent donc dans le plus beau de nos paniers et dans la pièce la plus calme et la mieux climatisée du château : le salon d'hiver. Question alimentation, pas de problème non plus. Il suffisait de pourvoir Sidonie en eau ni trop froide ni trop chaude, et, si le cœur lui en disait, en café au lait. Simone lui en prépara une grande tasse (la tasse de Jeanne, la belle tasse en vrai Limoges) et la fit boire à la petite cuillère tout en se tracassant à l'idée qu'il allait falloir trouver neuf noms.

Quelque chose me tracassait bien plus, moi. Les

livres étaient formels : il fallait, sans tarder, réduire le nombre de chiots pour ne pas épuiser la maman et risquer de condamner des chiots trop nombreux à la chétivité.

Réduire le nombre des chiots ! En clair, ça voulait dire prendre à Sidonie plusieurs de ses petits et les tuer.

Plusieurs, ça voulait dire combien ? Et qui allait se charger de... ?

Simone jura que ce ne serait pas elle. Qu'elle voulait bien nourrir des chiens, les bichonner, les torcher, mais les tuer, ça non !

Il allait falloir que je me dévoue, moi ? J'en tremblais d'avance. Jeanne aurait fait ça très bien. Mais Jeanne n'était pas là. Majeunot aurait fait ça très bien lui aussi. C'était son métier. Mais ça pouvait durer des heures, cette saillie avec une vache allergique aux taureaux. Chaque minute vécue par les chiots à supprimer, chaque goutte de lait tétée par les chiots à supprimer rendrait leur liquidation plus cruelle. Il fallait donc agir sans tarder. Je demandai à Simone de m'aider à choisir les victimes.

— Celui-ci peut-être... il est moins beau que les autres.

— Et alors, c'est une raison ? Moi qui suis née cent fois moins jolie que ma sœur, vous croyez que ça m'aurait fait plaisir, qu'en prime, on m'assassine ?

— Celui-là ?... On dirait qu'il ne sait pas téter. Qu'il est un peu... Un peu infirme...

— Pas du tout. Il s'est juste arrêté de téter le temps de faire son rot. Tenez, le voilà qui s'y remet.

— Le noir ? Hein, le noir ?

— Pourquoi le noir ?

— Pourquoi pas le noir ? Soyez raisonnable,

Simone. Si on lui laisse neuf chiots, Sidonie ne tiendra pas le coup. Nous devons donc nous décider. Et rapidement.

— Et pourquoi ça serait à nous de décider ? Elle a une maîtresse, Sidonie. Qu'elle vienne et qu'elle prenne ses responsabilités. C'est elle la grand-mère. Pas nous.

— Ne délirez pas, Simone. La maîtresse de Sidonie est en voyage. Je ne sais absolument pas où.

— D'accord, je délire pas. On en prend trois quatre, au hasard, et vous les tuez, monsieur Julien. Vous les tuez comment ?

— Comment ?... Attendez... Dans ce livre, ils conseillent de mettre les chiots condamnés dans une boîte en fer ou un bocal avec du coton imbibé d'éther et de bien fermer la boîte ou le bocal.

— Et ils étouffent ?

— Le livre dit que la mort par étouffement est instantanée et qu'ils ne souffrent pour ainsi dire pas.

— Moi je veux pas assister à ça. Salut.

— Vous partirez après. D'abord, trouvez-moi une grande boîte en fer. On doit bien avoir ça. Une boîte à biscuits.

— Je ne vous trouverai rien du tout. Regardez Sidonie. Vous croyez qu'elle se doute pas de la crasse que vous êtes en train de lui mijoter ?

— Ce n'est pas une crasse. La Nature a ses lois.

— Si elle a ses lois, la Nature, qu'elle se débrouille toute seule pour les appliquer.

Et Simone s'en fut. Me laissant en tête-à-tête avec Sidonie qui me regardait d'un drôle d'œil et les neuf polissons qui ne me regardaient pas parce qu'ils étaient encore complètement aveugles.

Il fallait en supprimer combien et lesquels ?

Deux heures plus tard, j'étais toujours agenouillé sur la carpette, près du panier-berceau, à contempler maman Sidonie et sa progéniture. C'était si beau. Plus beau que le plus beau des films. Même Fellini, même Kurosawa, même Resnais n'avaient jamais réussi et ne réussiraient jamais à faire quelque chose d'aussi simplement époustouflant que ce qu'avait fait Sidonie. Et la Nature (N majuscule) aurait voulu que je saccage, que je bouzille ce sublime tableau ! ! !

Pas question. Les chiots en surnombre, je les nourrirai moi-même. Au biberon.

Ma décision était prise, et bien prise, quand arriva Majeunot. Il était, comme toujours, entre deux vins et avait une foule de choses à me raconter. D'abord, la saillie.

— Des vaches aussi fêlées que cette vache, jamais je n'en avais vu. Et pourtant j'ai bourlingué. Mais celle-là... Nous étions sept : le fermier, la fermière, le fils du fermier, la femme du fils du fermier, la sœur de la femme du fils du fermier, l'homme au taureau, et moi. Sept à essayer de faire comprendre à cette grosse gourde qu'une bonne saillie n'a jamais fait de mal à une femelle. Sept, je vous dis ! Et le taureau y a sacrément mis du sien, lui aussi. Un taureau impeccable. Rien à dire question physique. Rien non plus question manières. Et viril. Bref : le rêve de toute vache un tant soit peu normale. Mais normale, elle l'est vraiment pas, cette gueuse. Vous savez comment ça s'est terminé ? Cherchez pas, vous ne devineriez pas. Ça s'est terminé par une patte cassée. Ni plus ni moins. Et pas une patte de la vache. Une patte du taureau ! Il a fallu que je le plâtre. Une fameuse partie de plaisir. Et ici, il se passe quoi, exactement ?

Majeunot était si plein de son histoire de saillie qu'il n'avait pas encore vu Sidonie et ses loupiots.

— Voilà ce qui se passe...

— Attendez, Julien, attendez... Vous voudriez me faire croire que cette dame caniche à la taille de guêpe que j'ai croisée pas plus tard qu'hier... ?

— La preuve !

— Alors toi, ma fille, pour une fameuse cachottière... Notez que ce sont des choses qui arrivent. Mais, le plus souvent, quand on ne s'en aperçoit pas, même au dernier moment, c'est que la chienne n'a dans le ventre qu'un ou deux microbes de chiens qui se retrouvent morts-nés cent fois sur cent. Tandis que là : neuf ! Et tous vivants ! Ben toi, ma petite mère, tu n'en finiras jamais de nous étonner. Ça s'est passé quand ?

— Dans la nuit, Simone l'a trouvée dans le poulailler en allant aux œufs. Ça devait être fait depuis un moment, ils étaient déjà tout propres.

— Vous avez une boîte en fer ?

— Non. La boîte en fer, le tampon d'éther, j'y ai pensé et repensé. Je ne veux pas.

— Vous ne voulez pas quoi ?

— D'abord ce sont des chiens de race. Et puis ils appartiennent à Sidonie et à sa maîtresse. Et puis... non ! Je m'en occuperai moi-même. Au biberon.

— Comptez sur moi pour vous laisser faire une ânerie pareille ! Vous ne feriez que compliquer les choses. Et pour elle et pour les petits. Et vos chiots nourris au biberon, ils deviendront quoi ? Des squelettes ambulants ? Avoir une mère aussi dingue, c'est déjà un lourd héritage. Faut sabrer, Julien, faut sabrer.

Nous touchons là au moment où cruauté et humanité se confondent. Et quand on en est là, il ne s'agit plus de philosopher ou de pleurnicher. Il faut agir. Pour le mieux. Alors vous êtes gentil, vous me débarrassez le plancher. Je m'occupe de tout.

— Vous êtes sûr que... ?

— Ils ne sentiront rien. J'ai ma méthode. Allez me préparer un petit quelque chose à boire. Cinq minutes et je vous rejoins.

Un quart d'heure plus tard, nous trinquâmes dans la cuisine. A la santé de Claire, Clairette, Clairon et Chanteclaire, parce que c'était le onze août et que Sidonie n'avait plus que quatre chiots.

Aucun chien, pas même le basset Pirate (qui était pourtant très désireux de se faire des relations) n'admit jamais Moustachu.

Les bichons, nos bichons, le prirent en grippe parce qu'ils exécraient cet intrus qui me suivait comme mon ombre. Les autres chiens l'ignorèrent, le dédaignèrent, le méprisèrent et allèrent même jusqu'à le maltraiter à l'occasion, sans raison bien précise.

Ils n'en voulaient pas, c'est tout.

Et Moustachu, ça le minait, cette hostilité générale. Chaque fois qu'il essayait de se mêler à une bagarre, de participer à un chahut, de courir comme les autres après une balle, ou une poule, chaque fois qu'il s'approchait d'un panier, d'une écuelle, il n'y coupait pas d'un concert d'aboiements dissuasifs, de grognements menaçants, de coups de pattes et de crocs. C'était rebuffades sur rebuffades, horions sur horions. Plusieurs fois, je dus l'apaiser, non seulement avec de bonnes paroles et des biscottes à discrétion, mais aussi avec de la teinture d'iode et du tricostéril. Il lui arriva même de laisser sur le terrain la pointe de celle de ses oreilles qui était noire. Grâce au Ciel, il m'avait. Et je l'avais.

Les promenades, il les faisait avec moi. Pas dans le « peloton ». A croire que les chiens s'étaient donné le mot pour interdire à cet indésirable de se mêler à leur troupe. Si je descendais à Noisilles, il descendait à Noisilles. Si j'allais chez Majeunot, il venait, chez Majeunot. Il me suivait jusque dans le lit que Simone m'avait installé dans une petite pièce attenante à la cuisine. Sans doute une lingerie, du temps où le château servait de château.

Comme il ne me quittait plus, quand Jeanne revint — après une semaine passée je ne sus jamais où — la première chose qu'elle vit, ce fut Moustachu.

— Alors, si je comprends bien Julien, ton choix est fait ?

Mon choix ! C'était imbécile de dire ça. Comme s'il était possible de choisir entre une femme de trente-deux ans (ma propre femme) et un chien sans âge trouvé au bord d'une rivière.

— Non ! Mon choix n'était pas fait. Choisir entre Jeanne et Moustachu aurait été aussi absurde que de jouer à pile ou face pour savoir si je préférais le chien à l'épouse ou l'épouse au chien. Je voulais Jeanne et Moustachu !

Mais personne — et surtout pas Jeanne — ne voulait de Moustachu. Alors la mésentente s'aggrava. Jeanne semblait n'avoir plus rien à me dire. Et je découvris — avec stupeur — que je n'avais quasiment plus rien à lui dire moi non plus. Elle dormait dans un lit. Je dormais dans un autre lit. Nous ne prenions plus forcément notre petit déjeuner aux mêmes heures. Ni nos repas de midi et du soir. Elle avait plus de conversations avec les vieilles radoteuses qu'elle abreuvait de thé qu'avec moi. Et moi plus de conversations avec Simone qu'avec elle. Je vivais avec les chiens, plus souvent dehors que dedans. Jeanne vivait dans le bureau, dans le jardin d'hiver.

Ce scandale quand elle avait découvert Sidonie et sa nichée dans SON salon !

Elle parla d'aller noyer et la maman et ses rejetons dans l'étang. Et elle nous reprocha, à Simone et à moi, de n'avoir pas su prévoir l'événement et surtout de n'avoir pas su empêcher qu'il se produise. Parce que — elle en était certaine — la maîtresse de Sidonie allait prendre très mal la chose et nous retirer sa clientèle et nous faire une publicité déplorable... Etc., etc.

Jeanne devenait impossible.

Je recueillis Sidonie, Claire, Clairette, Clairon et Chanteclaire dans ma chambre-lingerie. C'était parfait. Comme ça, je les verrais encore mieux grandir, les chiots. Et Moustachu aussi. Moustachu qui ne se lassait pas de les contempler, en dépit des grincements de crocs de Sidonie qui tolérait mal que ce corniaud ose poser ses affreux yeux ronds sur les petites merveilles qu'elle avait portées dans son sein.

C'est qu'elle était fière de ses bébés, Sidonie. Elle prenait un plaisir sans mélange à les nourrir, à organiser la vie dans le panier pour qu'elle leur soit aussi douillette que possible. Elle restait des heures dans une position inconfortable de peur de les déranger. Elle ne quittait même pas sa nichée pour aller faire ses besoins. Elle ne vivait plus que par eux, que pour eux. C'était fascinant. Elle était calme. Épanouie. La maternité avait guéri cette folle de sa folie. Il fallait la forcer à se détourner d'eux le temps de manger à la cuillère la tambouille reconstituante que lui mitonnait Simone. La nuit — ça me passionnait de l'observer — elle ne fermait pas l'œil pour pouvoir parer à tout danger. Sidonie était un chef-d'œuvre de mère.

Et puis un matin, les chiots commençaient à peine à voir clair, Sidonie sauta hors du panier, bousculant sans ménagement les goulus petits têtards. Et elle les planta là, sans un regard, pour aller faire un tour dans le parc. Un sacré tour. Le soir, elle n'était toujours pas revenue. Et ce nigaud de Moustachu ne trouva rien de mieux à faire que de prendre la place de Sidonie dans le panier et de glousser de bonheur parce que les chiots lui rampaient sur le ventre, cherchant désespérément des mamelles gorgées de lait.

Sidonie avait fini de s'intéresser à ses enfants. Elle ne revint jamais vers eux. Elle les avait oubliés.

Et les nourrissons durent se contenter de la tendresse (très maladroite) de Moustachu et des biberons que nous leur donnions six fois par jour Simone et moi. Une rude corvée.

J'y repense souvent, à cet été-là.

Un été modèle. Ciel d'un bleu comme le bleu des ciels des plus beaux tableaux des plus riches musées. Avec quand même un petit nuage. Mais seulement pour agrémenter les photos couleurs des Parisiens en vacances. Chaleur raisonnable. Pour que le raisin mûrisse en beauté et que la tomate et le haricot ne soient pas trop chers sur les marchés. Chiens faciles.

Toujours partants pour la promenade et les trempettes. Mangeant bien. Dormant bien. Et (c'était capital, aux yeux de Majeunot !) pissant bien. Pas un seul malade au Château. Pas le moindre bobo. Claire, Clairette, Clairon et Chanteclaire devenaient joyeusement de robustes caniches. Moustachu en était arrivé à croire que c'étaient ses petits à lui et il se donnait un mal de chien pour leur apprendre à aboyer aussi fort que lui. Nulle angoisse à dix lieues à la ronde. Le silence de Jeanne me semblait — pourquoi ne pas l'avouer ? — délicieusement reposant. Simone travaillait aussi dur que possible et s'en réjouissait. Les histoires et les vins de Majeunot étaient toujours « first quality ». J'allai souvent à la poste et la jeune, menue et blonde Violette n'était que sourires.

Un été rêvé.

Et il y eut l'orage.

Il pouvait être dix heures du soir. J'étais chez Majeunot, occupé à vider un pot de rillettes de Tours vraiment cuisinées à Tours par un charcutier « pas manchot », quand un grand, un immense zigzag éblouissant et aussi nettement dessiné que les éclairs des vieux albums illustrés, déchira le ciel devenu en un instant, noir comme le cul d'une poêle. Et ce coup de tonnerre, Jésus ! Les vitres en ont tremblé. Et l'eau s'est mise à tomber. Des trombes. Et la lampe au-dessus de la table s'est éteinte. Majeunot a erré à la recherche d'une bougie, de son briquet. J'ai entendu d'autres coups de tonnerre. Terrible. Les éclairs, je ne les avais pas vus. J'avais fermé les yeux. Je n'aime pas les orages. Je crois me souvenir que Majeunot a dit que « c'était le Bon Dieu qui était en train de battre sa femme ». Puis le téléphone a sonné.

C'était pour savoir si, par hasard, j'étais là. C'était Violette. Elle n'a même pas attendu que Majeunot me passe le combiné. Elle lui a dit de me dire que la foudre venait de tomber sur le Château.

Quand nous sommes arrivés, après avoir furieusement malmené la jeep déglinguée de Majeunot, la pluie avait cessé et la plupart des hommes de Noisilles étaient déjà là.

Ceux qui faisaient partie de la brigade des pompiers et les autres. Ils étaient là, et faisaient ce qu'ils pouvaient en attendant que les pompiers de Tours arrivent avec leurs lances, leurs grandes échelles.

Car le château était en feu.

Des flammes sortaient par toutes les fenêtres, le toit commençait à s'effondrer — on entendait craquer les poutres, les énormes poutres, des vitres éclataient.

Et Jeanne ? Et Simone ? Et les chiens ?

Échevelée, blême, figée sur place, Jeanne contemplait le désastre.

— Naturellement, tu n'étais pas là ! me dit-elle.

Et ce fut tout. Brisée, anéantie, elle alla s'asseoir dans la jeep de Majeunot et s'alluma une cigarette. Puis je vis Simone qui sortait du poulailler. Elle était en chemise, trempée, le visage et les mains noires, du sang sur les bras. Elle se précipita vers moi.

— J'ai emmené tous ceux que j'ai pu dans le poulailler ! Mais il en reste... Ceux de la grande salle. Ils vont mourir ! Ils vont mourir, monsieur Julien !

J'ai arraché une hache des mains du fils de la boulangère et, flanqué de Simone et de Majeunot qui s'arma, lui, d'une pelle, je contournai le château. La grande salle, on pouvait l'atteindre en traversant la cuisine et en défonçant une cloison.

Derrière, ça flambait moins. Mais des tuiles tombaient, des cheminées.

Mais on entendait des chiens hurler.

Je traversai la cuisine. Deux hommes étaient là, les Tchèques, torses nus, en nage, qui attaquaient la cloison avec de lourdes masses. Et elle tenait bon, cette saleté de cloison. C'était de la vraie pierre. Du massif. On s'y mit nous aussi. Simone, cette enragée, grattant la pierre avec ses ongles. Majeunot ne cessant pas de jurer. Je tapais de toutes mes forces, de toutes mes forces. Inutile de préciser que mes coups de hache comptaient peu comparés aux coups de masses des deux géants Tchèques. Mais je tapais. Je faisais, comme on dit, tout mon possible.

C'était affreux : je reconnaissais les aboiements du sloughi, du basset.

Combien de temps ça nous a pris ? Des siècles. Mais nous avons réussi à faire un trou assez grand pour que les chiens puissent sortir. Ils crevaient de peur. Le sloughi a surgi le premier. Pirate était trop bas sur pattes pour se hisser jusqu'au trou. Il a fallu piocher encore, l'agrandir, ce trou, jusqu'à ce que je puisse entrer, moi, dans la salle et récupérer le malheureux Pirate. Il tremblait comme une feuille. Il claquait des dents. Au moment précis où je le tendai à Simone, par le trou dans le mur, quelque chose a éclaté. Une porte s'est ouverte derrière moi et de grandes flammes sont entrées dans la pièce et les paniers, les paniers des chiens ont commencé à brûler.

Je n'ai eu que le temps de sortir. Déjà Majeunot et

Simone entraînaient les chiens en direction du poulailler.

Les pompiers de Tours étaient arrivés.

Ils ont mis quatre heures pour éteindre le feu.

Quand ils sont repartis, et avec eux tous les braves gens de Noisilles qui s'étaient tous donné bien du mal, le château n'était plus qu'une carcasse de château.

Et le samoyède, la ravissante Scarlett O'Hara et un beagle étaient morts. Brûlés.

Et dans le poulailler transformé en infirmerie, Majeunot et Simone s'occupaient des rescapés dont certains n'étaient guère vaillants.

Et, sur le perron, Moustachu comptait et recomptait les bébés caniches qu'il avait sauvés — en y laissant tous les poils de sa vilaine petite queue — et il n'en trouvait que trois au lieu de quatre.

Il manquait quatorze chiens à l'appel.

Majeunot fit un sort à l'ignoble « vin de santé » de la cousine Aurore. Quelqu'un en avait sauvé une dizaine de bouteilles et Majeunot s'y est attaqué. C'était infect, il n'avait jamais rien bu de si infernalement infect mais il « fallait qu'il tienne ». Et il a tenu, le cher homme. Il a rafistolé trois pattes à un braque qui avait sauté du second étage et s'était mal reçu. Il est venu à bout d'un horrible hoquet qui faillit tuer Pirate. Il a sauvé cinq chiens brûlés jusqu'aux os. Il a recousu, pansé, plâtré... Il a dû aussi faire une piqûre à une levrette. Une dernière piqûre. Parce qu'elle souffrait vraiment trop. Quand Simone a vu Majeunot briser l'ampoule de poison, et emplir la seringue, elle a craqué, elle s'est jetée dans mes bras. Elle s'est blottie contre moi et a pleuré à gros sanglots.

Et je ne trouvais rien à dire pour la consoler. Je n'arrivais même pas à pleurer avec elle. Ce qui m'aurait fait le plus grand bien.

J'étais incapable de pleurer mais — et c'était bien pire — j'avais la mort dans l'âme.

Jeanne, elle, avait les yeux et le cœur parfaitement secs. Bien sanglée dans son tailleur (elle était encore habillée au moment de l'orage), elle me demanda si j'avais sur moi de quoi payer un billet de chemin de fer pour Paris.

— Tu veux t'en aller ?

— Oui, Julien. Quand je pense à ce que ce château était devenu... A tout le mal que je m'étais donné... Voir ça, c'est insupportable. Insupportable.

Je lui ai donné l'argent que j'avais dans la poche de mon blouson. Elle est partie. Me laissant la voiture. Tout de même.

Comme elle franchissait la grille, elle a croisé Violette qui arrivait avec des provisions sur le porte-bagages de sa bicyclette. De quoi manger. Elle avait même pensé à apporter une robe pour Simone.

Nous n'avions pas faim.

Mais les chiens qui étaient là avaient faim, eux.

Et les chiens qui n'étaient pas là ?

Et les quatorze chiens manquants ?

Il fallait les trouver.

Je fis le point. Manquaient à l'appel : le beagle Pimpin, les trois pékinois, le sloughi, Anjou, Valois, Béarn et Orléans, deux caniches : Wagram et Margaret, le berger Dick, le cocker Ubu, le basset Samovar.

C'était terrible, il allait falloir téléphoner à leurs

maîtres. Violette me proposa de s'en charger. Je n'avais qu'à lui donner les numéros de téléphone et... Les numéros ? Tout avait brûlé, dans le bureau. Tout. Pas moyen même de prévenir les maîtres du samoyède, de Scarlett O'Hara, du beagle Tom et de la levrette que leurs chiens étaient...

Arrivé à ce moment de l'histoire, je l'eus, ma crise de larmes. Je me suis écroulé. Comme un gosse. Et j'ai pleuré les trois chiens brûlés, pleuré la levrette à qui Majeunot avait dû donner le coup de grâce. J'ai pleuré les chiens perdus. Ce fut un si gros chagrin que j'ai sûrement pleuré d'autres choses aussi : le départ de Jeanne, peut-être, des amis qui étaient morts il y avait très longtemps, ma jeunesse qui avait fichu le camp, en douceur... Les examens que j'avais loupés, les bouquins que je n'avais pas été fichu d'écrire... Des larmes, je n'en avais pas versé depuis plus de vingt ans. Alors vous pensez.

Majeunot a laissé Violette et Simone me réconforter. Il est parti, loin au fond du parc, enterrer les quatre chiens morts. Sans le dire. Discrètement.

Quand il revint, les yeux aussi brillants que les miens, il vida d'un trait une des bouteilles apportées par Violette.

— Comme si il n'y avait pas déjà assez de saloperies en ce bas monde ! Penser qu'il faut, des fois, que le Ciel s'en mêle aussi...

Il a débouché une autre bouteille, avec le couteau suisse cent-usages qu'il avait toujours sur lui, et il l'a vidée comme la première. D'un trait.

— Maintenant, les enfants, on va s'y mettre. Et sérieusement.

Se mettre à quoi ? Il n'y avait plus de château, plus

de Jeanne, la moitié des chiens était hors-jeu, je n'avais plus rien, plus un jean de rechange, plus même un mouchoir en papier pour sécher mes pleurs.

— Se mettre à quoi ? Mais à tout, Julien. Ces chiens, dans le poulailler, faut les nourrir. C'est pas avec les miettes des sandwiches de Violette qu'ils ont avalées à la sauvette qu'ils vont tenir jusqu'à ce soir. Et puis on ne peut pas les laisser bouclés là-dedans. Faut qu'ils sortent. Qu'ils gambadent. Enfin... ceux qui en ont la force. Les autres, faut les soigner, changer leurs pansements, leur faire boire des tisanes... Et puis vos disparus, ils sont forcément quelque part, non ? Alors, pas de question, faut les retrouver.

— Les retrouver !

— Oui, Julien, les retrouver. On va organiser une battue. Une vraie battue. Pas moi, parce qu'il faut que je reste pour m'occuper de mes blessés. Mais vous, vous allez descendre au village et demander au père Gandioux ou au fils du boucher de vous donner un coup de main. Ce sont des chasseurs. Les battues, ça les connaît. Il y a aussi Funèbre. Funèbre qui demeure dans cette cabane au bord de la Brenne, sur le chemin du coteau des Coudriers. C'est un braconnier, Funèbre. Il peut vous être très utile. Il est si ficelle qu'il trouverait des canaris au pôle Nord, s'il s'en donnait la peine. Alors vos chiens... Bon Dieu, Julien, secouez-vous !

La seule chose que j'avais envie de faire, c'était de sauter dans ma voiture et de filer le plus loin possible de ce château de malheur. Pas parce que je le regrettais, ce château. En fait, c'est Jeanne qui s'en était emparée, s'en était régalée. Pas moi. Ce n'était pas le château qui me manquait. C'était...

Deux voitures sont arrivées et se sont arrêtées devant la grille. Deux voitures avec des numéros suisses. C'est à ce moment-là que j'ai constaté que le mâtin Médor n'était plus à son poste de garde. Disparu, lui aussi ? Quinze chiens perdus au lieu de quatorze ?

Des voitures, sont descendus des gens en shorts. Hommes et femmes, ils étaient tous en shorts. Avec des chaussettes et des T-shirts avec des dessins rigolos. Le plus jeune d'entre eux avait bien quarante ans. Il souriait. Il était gras à lard. Ils voulaient quoi, ces guignols ?

— Le château qui a brûlé, cette nuit, c'est celui-là ?

— Oui. Pourquoi ?

— On est venus pour voir. On en a entendu parler au restaurant où on mangeait. Alors on est venus jeter un petit coup d'œil.

Majeunot a ramassé une des deux bouteilles vides. Il s'est approché sans se presser du gros touriste avec son polo banane.

— Ça vous amuserait sûrement de faire quelques photos ? leur a demandé Majeunot.

— Oui. On aimerait bien.

Et le gros touriste a sorti son appareil japonais de la petite sacoche qui lui pendait sur le ventre. Et Majeunot s'est rapproché un peu plus de lui encore. Et il a levé la bouteille vide.

— Cette bouteille, tu la vois ?

— C'est à moi que vous parlez ? a demandé le gros touriste, qui avait décidé d'ouvrir à 2, 8.

— Oui. A toi. Au gros mollasson que tu es. Je te demandais si tu la voyais, cette bouteille, parce que si tu as le malheur de prendre une photo, une seule cette bouteille, je te la fais éclater sur la gueule.

Il ne plaisantait pas, Majeunot. Le gros lard a battu en retraite.

— Si vous voulez pas qu'on photographie...

— Non ! On ne veut pas ! a hurlé Majeunot. On ne veut pas que des charognards viennent nous regarder sous le nez quand on est dans le malheur.

Tous les shorts sont remontés dans les voitures. J'ai entendu une des dames, la plus décolorée, dire à une autre dame : « Y a peut-être moins de circulation par ici, mais sur la Côte d'Azur, les ploucs, ils sont quand même moins ploucs. »

Ils sont partis. Et Majeunot l'a quand même brisée, sa bouteille, sur une cheminée qui gisait, fracassée, à ses pieds.

— Sur ce, je retourne à mes éclopés.

Et il s'est enfermé dans le poulailler. Et on a commencé à entendre des hurlements, des gémissements. Majeunot devait faire mal à ses patients... Pas exprès. Bien sûr. Simone est allée le rejoindre. Et Violette est partie à son travail, à la poste, après m'avoir dit des paroles qui auraient dû me faire chaud au cœur.

Le ciel était redevenu bleu.

Cet été-là, dans la région, il n'y eut qu'un seul orage.

Les gens de Noisilles furent très bien. Le boucher, l'épicier et la boulangère m'ouvrirent des comptes, sans discuter un seul instant. Les Nevedziewjz se précipitèrent dès qu'ils entendirent ma voiture pour me dire qu'ils étaient prêts à monter au château pour y effectuer les travaux les plus urgents. A crédit, ça tombait sous le sens. Réunis au Café de la Mairie, les chasseurs que m'avait recommandés Majeunot — le père Gandioux, Maurice le fils du boucher et Funèbre le braconnier — décidèrent de tout abandonner séance tenante, d'aller chausser leurs bottes et de foncer chacun dans une direction. Le père Gandioux se chargeait de fureter au Nord. Maurice irait dans la direction d'Amboise. Funèbre se réserva les rives de la Brenne et une foule de coins et recoins connus de lui seul entre Noisilles et Vouvray. Moi, j'allai aller inspecter les prés, les bois qui s'étendaient derrière le château en direction de Tours. Le gamin du patron du Café de la Mairie, un grand dadais à lunettes qui était assis à bâiller du bec (parce qu'il finissait une rougeole) proposa de m'accompagner. Pourquoi pas ?

Nous avons commencé par le bois de la Fourne. Un grand bois avec des arbres centenaires, des tapis de mousse, des fougères. Robert — c'était Robert, le fils du patron du Café de la Mairie — s'était trouvé une grosse branche et il tapait comme un sourd sur les troncs des arbres. Parce que c'était comme ça qu'il avait vu faire dans les battues. Il tapait et moi j'appelai, aussi clairement et gentiment que possible : « Le chien ! Le chien ! où il est le chien ? Le bon chien ! Le chien ! Le bon chien... » Aucun écho. Rien que les coups de Robert sur les troncs et les chants et les bruits des oiseaux qui se carapataient. Et un écureuil qui sauta d'arbre en arbre comme un écureuil de dessin animé. C'est beau de voir un écureuil faire l'acrobate. Les arbres étaient beaux. Ça sentait bon. Il faisait bon. Et j'étais malheureux. Mais malheureux...

Robert a levé un lièvre qui a détalé. Ça l'a bien fait rire. Il m'a demandé si j'avais une cigarette. Nous avons fumé des Gauloises, assis par terre. J'étais découragé. Roger m'a parlé de sa rougeole et de plusieurs maladies aussi peu originales qu'il avait eues avant. Il m'a révélé qu'il ne voulait pas rester à Noisilles à servir des coups de blanc et des panachés comme son père. Il était attiré par l'électronique et la recherche d'épaves de bateaux dans les mers du Sud. Les épaves, ça rapportait plus que l'électronique et ça ne demandait pas de connaître à fond les mathématiques, comme l'électronique. Alors il choisirait sûrement les épaves. Ou alors il deviendrait chanteur comme Aznavour. Pour s'en mettre plein les poches. Il était imbécile, ce gamin. Je me suis levé. J'ai soigneusement écrasé mon mégot et nous sommes repartis.

Nous l'avons fait deux fois, le bois de la Fourne. Dans les deux sens.

Après, nous avons sillonné les champs de Mme Ferrier. Des champs de je ne sais plus quoi. Peut-être que je ne l'ai jamais su, même sur le moment. On est partis chacun d'un coin et nous avons parcouru et scruté chaque sillon. C'était éreintant. Il fallait marcher tête baissée. J'ai entrevu une petite bête qui devait être une taupe et qui a disparu dans la terre. Mais pas de chien.

Nous avons été frapper à toutes les portes des maisons du coteau. Des maisons creusées dans le roc. Des maisons habitées par des gens très âgés qui mettaient un temps interminable à venir nous ouvrir, et qui ne comprenaient rien à mon histoire de chiens.

— Vous me dites que vous cherchez un chien. Alors moi, je vous demande comment qu'il est votre chien. Si il est grand ou petit. Si il a les poils clairs ou foncés. C'est pas compliqué de me dire comment qu'il est. Quand on a un chien, on sait comment qu'il est.

— Je ne cherche pas un seul chien, grand-mère, j'en cherche plusieurs.

— Plusieurs chiens ?

— Oui. Plusieurs chiens. Beaucoup.

— Si en plus il y en a beaucoup... Moi j'en ai vu aucun. Mais demandez donc au père Mulot. Il a toujours tout vu, lui.

Le père Mulot était en train de mettre son vin en bouteille, tout au fond de sa grotte. Il m'accueillit fort aimablement, parce que je lui rappelais quelqu'un.

— Ça, pour me rappeler quelqu'un, vous me rappelez quelqu'un. Un homme de Tours peut-être bien. Ou de Paris. Ma femme serait là, elle vous remettrait tout de suite. Pour reconnaître, elle était très forte. Mais elle est morte. Elle est même peut-être bien morte avant que je fasse sa connaissance, à cet homme que vous me rappelez. Auquel cas, bien sûr, elle aurait peine à vous remettre. Il avait votre tête. Et les cheveux plus fournis. Mais les cheveux, ça va ça vient. Vous m'auriez connu y a seulement soixante ans, j'étais crépu comme un vrai moricaud.

Il voulut qu'on goûte son vin. Je n'avais pas soif. Robert se dévoua et but le verre que le vieux bavard lui avait servi, et celui qu'il m'avait servi à moi.

— Il pique, hein ? Ne dites pas le contraire, je le sais, qu'il pique. Je sais qu'il pique mais je sais pas pourquoi. Avant, mon vin, il piquait pas. Ça fait depuis toujours que je le mets dans la même cuve. Une cuve que j'ai jamais lavée, jamais. Laver sa cuve, c'est le moyen le plus sûr pour faire prendre des goûts à son vin. Bon. Moi, je la lave pas. Et voilà qu'il se met à piquer. Vous êtes capable de m'expliquer ça, vous ?

Je m'en fichais, de son vin, de sa cuve. Je l'interrompis pour la dixième fois, qu'il me dise, ce gâteux, si, oui ou non, il avait vu des chiens.

— Oui. J'en ai vu. Et des chats aussi. C'est très passant par ici.

— Vous les avez vus quand, ces chiens ? Ce matin ?

— Oui. Ce matin. Deux chiens que je connais pas. Vous, je vous connais, ça, j'en donnerais ma tête à couper. Mais ces deux chiens, non. Ça devait être des chiens de Parisiens. En été, forcément, depuis qu'ils ont mis les congés payés...

Trois portes plus loin, une dame qui s'appuyait sur deux cannes m'a décrit d'une manière très précise le basset Samovar.

— Il passait sur le chemin, là, au pas de promenade. Et il m'a regardée. Il avait le poil roux et blanc. C'est surtout ses oreilles qui étaient rousses. Pas très haut. Comme ça. A peine. Le regard malin. Mais sans blanc d'œil. L'air plutôt mignon. Je lui ai demandé s'il voulait un petit-beurre. Il m'a tourné le dos. Faut croire qu'il n'avait pas faim. Ou qu'il n'aime pas les petits-beurre.

Nous avons poussé jusqu'au bout du coteau. J'avais un nom à crier. C'était encourageant. « Samovar ! Samovar ! Samovar ! » S'il était encore dans les parages, il allait reconnaître ma voix, son nom. Ce n'est pas le basset vendéen qui a fini par me répondre, c'est un homme sec coiffé d'un béret basque. Un triste, un désagréable. Il était assis sur une brouette sans roue. Et il attendait. Il m'attendait.

— Vous avez mis le temps. J'ai pas à faire qu'à vous attendre, moi. Je suis pas en vacances, moi.

— Le chien, le basset, vous savez où il est ?

— Si je le savais pas, moi ! Un sauvage qui m'a saigné quatre lapins. Vous allez me les payer, hein ? Parce que, c'est pas compliqué, si vous me les payez pas, mes lapins, moi, votre chien, je lui règle son compte. Et ça ne sera pas le premier saccageur de lapins, bête ou homme, à qui je ferais son affaire.

Il a fallu que le fils du patron du Café de la Mairie galope demander de quoi payer les lapins. Et le bonhomme au béret basque n'a pas voulu ouvrir la porte de sa remise tant qu'il n'aurait pas les billets en main. Et Samovar s'énervait derrière la porte de la remise. Il gémissait, le malheureux, trépignait.

J'étais à bout. Ce paysan, je l'aurais étranglé avec plaisir. Avant de délivrer Samovar, il a tenu à me remettre les quatre lapins morts. « Ils sont à vous, maintenant, vous les avez payés ! » Ils sont restés sur le bord du chemin, à attirer de sales mouches. Samovar avait vraiment « l'air plutôt mignon ». Elle avait raison, la dame aux deux cannes.

Des génies, les Tchèques. Sans même l'aide de Simone qui s'occupait des chiens (vaillants et autres), ils avaient remis la cuisine et ma chambre presque en état. Ils avaient réuni là les quelques meubles épargnés par le feu : trois chaises, une table, le fauteuil Louis-XV de la cousine Aurore que Jeanne avait si joliment retapissé. Et des casseroles, des cuvettes, des écuelles, mon réveil... En fait l'aile gauche du château tenait encore debout. Il y aurait du travail. Mais ça tenait debout. Pour le reste... La façade se dressait comme un décor de théâtre. Donnant l'impression qu'il suffirait d'un bon coup de vent pour qu'elle s'écroule.

Simone préparait une lessiveuse de pâtée. La robe de Violette la boudinait un peu. Mais elle avait retrouvé sa mine de fille laide mais d'un naturel optimiste.

Funèbre le braconnier et le père Gandioux étaient là. Le père Gandioux avait retrouvé trois des quatre bichons (Anjou, Béarn et Valois). Ils n'étaient pas allés bien loin. Ils étaient tapis dans le fossé qui bordait la route qui longeait le château. Ils étaient couverts de boue et hébétés. Pour retrouver le beagle Pimpin, Funèbre avait eu nettement plus de chemin à faire. Il l'avait déniché à l'autre bout de Vouvray — à plus de huit kilomètres. Dans une niche. La niche vide d'un chien qui était parti en voyage avec ses maîtres. Il dormait dans cette niche comme un bienheureux, le beagle, et Funèbre serait passé par là sans se douter de rien, si des trous n'avaient pas attiré son attention.

— Vous avez des gens qui voient un trou, deux trous, dix trous, et qui se disent c'est des trous et qui n'en demandent pas plus. Des gens qui cherchent pas à savoir les choses et leur pourquoi. Mais moi, un trou dans la terre, ça me fait réfléchir. Je me dis : pourquoi ce trou ? Qui c'est qui l'a fait ? Pour quelle raison ? Et j'ai trouvé : c'étaient des trous de chien. Vu que, le chien du notaire, je savais qu'il était parti pas plus tard que lundi dernier avec Maître Massonet et sa femme et les petites, je me suis dit que c'était un chien qui était pas celui du notaire qui les avait fait, les trous. Et que c'était sûrement un de vos chiens à vous. Et c'en était un. Il a déterré tous les os du chien du notaire. Et il les a emportés dans la niche et il s'est endormi dessus. Quand je l'ai pris, il n'a pas résisté. Mais il voulait les emporter, ses os. C'est un fameux pistolet, votre Pompon.

— Pimpin.

Pimpin, Samovar, Anjou, Valois, Béarn... Ça faisait cinq brebis qui avaient regagné le bercail. Mais les autres ? Funèbre m'assura qu'on les retrouverait tous. Il avait déjà son plan pour la nuit. Deux collègues en braconnage l'accompagneraient. De fameux lascars, à l'en croire.

— Des chiens, je sais pas combien il vous en manque exactement. Mais, avec mes deux camarades, je serais pas étonné qu'on vous en ramène plus que vous en avez perdu.

Sur ce, Majeunot arriva au volant de sa jeep. Il apportait des lits de camp, des couvertures, une caisse de médicaments, un impressionnant échantillonnage de bouteilles de vin, un bidon de pétrole et des lampes à pétrole.

Les lampes, on en a eu très vite l'usage car la nuit tombait. Les bouteilles aussi. Parce qu'il fallait que le père Gandioux et Funèbre se mettent en condition avant de repartir en chasse.

Il y avait trois lits de camp. Pourquoi trois ?

— Parce que je m'installe avec vous, les enfants. Les lampes à pétrole, les lits de camp dans les ruines, ça me rajeunit. C'est bon. C'est succulent. Ça me rappelle le Cambodge. Pas le Cambodge d'aujourd'hui. Celui des missionnaires qui baptisaient à tour de bras des Jaunes qui se faisaient baptiser quinze ou vingt fois par an parce qu'à chaque fois ils recevaient un kilo de riz, une sainte Vierge phosphorescente qui leur servait de veilleuse et un cache-col ou des moufles tricotés par des dames de France. Il y avait des ruines encore plus hautes et plus branlantes que celles-ci. Et des moustiques si tarabustants qu'on faisait venir des apprentis vétéros, comme moi, uniquement pour s'occuper d'eux. J'en ai tué des milliards, des milliards de milliards. Foutaise ! Il y en avait toujours de plus en plus. Les Cambodgiens avaient un proverbe qui disait : « Si tu tues un moustique dans ta rue, ça fait dix mille moustiques qui viennent des autres rues pour son enterrement. » Ici, vous avez votre content d'embrouilles, Julien. Mais pas la queue d'un moustique !

C'était vrai. Il n'y avait pas de moustiques. Ça m'a ragaillardi un brin de penser à ça. Et aussi l'idée que trois bichons sur quatre étaient retrouvés. Et Samovar. Et Pimpin.

Simone nous a fait une omelette au lard sur un butane prêté par les Tchèques. Et j'ai mangé très bien. Et le docteur nous a servi du vouvray pétillant de l'année de l'éclipse. Mirobolant ! Simone, qui ne buvait que de l'eau, s'est retrouvée légèrement partie. Et elle s'est mise à dire des choses pleines de bon sens.

— C'est vrai, a-t-elle dit, qu'on n'a pas de moustiques. Ce qui est vrai aussi, c'est que la foudre est rudement bien tombée. Elle aurait pu tomber deux heures plus tard et nous foudroyer tous. Je pourrais être morte au lieu d'être en train de boire du vin de l'année de l'éclipse. Et vous aussi, monsieur Julien. Et pas seulement le samoyède, Scarlett O'Hara et le petit beagle qui crachait dans la pâtée des autres et la levrette qui avait si mal avec ses brûlures. C'est tous les chiens qui pourraient être morts. Tous Samovar les bichons, Pirate, Coco. Et ceux qui dorment on ne sait pas où en ce moment. Et madame Jeanne aussi. Non. Vous m'ôterez pas de la tête qu'elle est tombée comme il fallait et quand il fallait, la foudre. On est vivants, non ?

C'était vrai. Nous étions vivants. Et l'été continuait.

Et quand je m'allongeai sur l'inconfortable lit de camp, cinq ou six chiens vinrent s'allonger à côté de moi, sur moi. Il faisait nuit noire. La lampe à pétrole était éteinte. Au toucher, je crus reconnaître les trois bichons, Moustachu, Samovar. Ils se sont tous endormis avant moi. Ils étaient lourds, ils prenaient toute la place.

Des salopiots, c'est sûr. Mais ils étaient vivants.

Ils étaient trois. Petits, vêtus de bleu marine, chemisés de blanc et cravatés très sombre. A un détail près (il leur manquait la petite lueur de gaieté sadique qu'ont dans l'œil ceux qui trafiquent du cadavre), ils auraient fait de parfaits croque-morts.

C'étaient les messieurs de La Bienveillance de Tours. La compagnie auprès de laquelle Jeanne avait contracté une police d'assurance il y avait plus d'un an. Sans me le dire, bien sûr. Mais ces histoires-là, moi...

Ils venaient constater.

Je les reçus torse nu et tout crotté car je venais de repêcher je ne sais plus lequel de mes turbulents pensionnaires dans la mare aux grenouilles.

Le plus fouinard des trois (monsieur Fourquin ou Franquin ou Tronquin) me demanda de lui dire comment c'était arrivé. Exactement.

Il en avait de bonnes. Tout ce que je savais, moi, c'est que la foudre était tombée alors que j'étais absent.

Il me dit que c'était très embêtant, ça. Il avait besoin de précisions, le fouinard. J'appelai Simone, qui était aussi sale que moi et guère plus précise, bien qu'ayant été « aux premières loges » quand le sinistre s'était déclaré.

— Y a eu l'éclair et puis... et puis ça a tout de suite été la panique... les flammes... la débandade... Si vous croyez qu'on pense à noter tout ce qui se passe dans un carnet quand ça vous tombe dessus, ce genre de catastrophe.

Pendant que le fouinard nous inquisitionnait, les deux autres messieurs de La Bienveillante fourraient, comme on dit, leurs vilains nez partout. Ils contemplaient ce qui restait debout du château en se caressant le menton, dubitatifs en diable, ils entraient par une porte, sortaient par l'autre, ramassaient une tuile tombée par terre, la tournaient et la retournaient dans tous les sens, la reniflaient, ils prenaient des mesures avec un décamètre, notaient des choses sur des formulaires...

Le fouinard a traîné un bon bout de temps dans la cuisine, que les Tchèques avaient à peu près remise en état. Elle l'intéressait prodigieusement, cette cuisine. Ma chambre aussi, dans laquelle étaient dressés les lits de camp de Majeunot. Il avait l'air de trouver ces deux pièces (aux murs replâtrés à la va-vite, pas encore repeints, aux poutres calcinées, aux vitres remplacées par des morceaux de cartons maintenus par du ruban adhésif, aux sols noirs et crevassés, et dans lesquelles étaient entassés des meubles bancals et dépareillés) particulièrement pimpantes et confortables. Il l'a dit, d'ailleurs.

— Ce qui est certain, c'est que ce château est encore tout à fait habitable.

— Habitable ! Habitable ! On campe comme les Londoniens ou les habitants de Dresde devaient camper après les grands bombardements !

— Je ne dis pas le contraire, cher monsieur. Mais si je m'en tiens à une stricte observation de l'état des lieux, je suis obligé de constater que vous continuez à habiter cette demeure. Preuve que l'étendue du sinistre n'est pas aussi...

D'accord ! Qu'il s'en tienne à une stricte observation des lieux, ce pas même croque-mort, et qu'il constate ce qui lui chantait. Je n'ai jamais su discuter avec ce genre de paperassier.

Ils sont restés quasiment tout l'après-midi. A compter les pierres de chaque tas de pierres, à noter combien d'arbres étaient encore debout, combien de brins d'herbe avaient été épargnés par les flammes. Et ils sont repartis en m'assurant que, bien sûr, nous toucherions une certaine somme et que, bien sûr, ça demanderait un certain laps de temps.

Je n'avais aucune envie de téléphoner à Jeanne à qui j'en voulais, et pas qu'un peu, de m'avoir laissé tomber au moment le plus critique de notre vie commune. Mais il fallait qu'elle sache que ces messieurs étaient venus puisque c'était elle qui avait placé nos biens sous la protection de La Bienveillante. J'ai donc lavé mes mains, passé mon unique (et de plus en plus douteux) T-shirt, et je suis descendu à Noisilles, à la poste, et j'ai demandé à Violette de me demander le numéro de l'appartement des parents de Jeanne à Neuilly. Jeanne était là. Pas gracieuse du tout au bout du fil. Elle ne s'enquit pas de la santé des chiens. Et encore moins de la mienne. Elle voulut que je lui répète trois fois, sans omettre le moindre détail, ce que les agents de La Bienveillante avaient fait et dit. Quand elle estima en savoir assez, elle me lança un sec et rapide « Salut ! », et elle raccrocha.

Pas besoin d'être un monstre de sentimentalité pour encaisser très mal qu'une épouse (que vous avez passionnément aimée, que vous aimez encore beaucoup et à laquelle vous avez toujours été d'une fidélité sans faille) vous traite aussi désagréablement. Et injustement.

Quand je sortis de la cabine, la mine défaite, le cœur chambardé, Violette, qui ne perdait pas une miette de ce qui se téléphonait de sa poste, me demanda si je voulais bien lui rendre un service. Je voulais bien. Elle me pria de garder la poste le temps qu'elle aille faire une course. Ça ne lui prit que quelques minutes, le temps d'aller à la boulangerie acheter quatre éclairs. La chère enfant ! Comme nous allions attaquer, comme tant de fois, notre thé (sans thé), elle eut une idée :

— Et si, au lieu de les manger ici, nos éclairs, nous allions les manger chez moi ? Étant donné l'heure qu'il est, on n'aura qu'à ajouter deux tranches de jambon et on dira que c'est un dîner.

— Vraiment ? Vous m'invitez à dîner ?

— Si le cœur vous en dit...

Le cœur m'en disait sacrément. Car même moi, qui suis tout ce qu'on veut sauf psychologue, je ne pouvais plus ignorer que j'étais pas mal amoureux de cette blonde et menue postière. Et cette invitation tombait fort à propos au milieu de tous mes malheurs. Une invitation à souper à Buckingham ne m'aurait pas fait autant plaisir.

Violette sous-louait une pièce dans la maison plus que centenaire d'une veuve plus que centenaire elle aussi. Une brave maison de campagne. Solide. Avec juste ce qu'il fallait de vigne vierge, de géraniums, de pigeons roucouleurs, d'armoires et de bahuts Louis-Philippe, de rideaux bonne-femme, de bassinoires en vrai cuivre et de photos d'aïeux ayant connu l'Empereur pour créer une ambiance rassurante et attendrissante. Dans sa pièce, Violette avait punaisé aux murs des reproductions de Van Gogh, une photo de Gérard Philipe dans « Lorenzaccio », et une de Clark Gable dans « Autant en emporte le vent ». Elle avait une cinquantaine de livres de poche sur une étagère et un gros Mickey en peluche sur la courtepointe en macramé de son lit bateau.

Nous étions vivants et il n'y avait pas de moustiques.

Et j'avais l'impression d'avoir vingt ans, pas d'épouse (désagréable), pas de château (brûlé), pas de chiens.

Le jambon fut exquis, le pain tendre comme de la brioche, les sardines à l'huile dignes du Guide Michelin. Quant aux éclairs...

J'eus l'impression de découvrir ce soir-là les vertus mirifiques de cette sublime friandise.

Faute de chaises, nous avons dîné sur la carpette. Très près l'un de l'autre. Violette sentait la pomme de reinette. Ou alors c'était une odeur qui venait du grenier de la dame plus que centenaire. Mais c'était divin.

Le chien de Violette, le corniaud Tulipe, fut parfait. Après avoir mangé proprement le gras du jambon, lappé sans faire de bruits déplaisants l'huile des sardines et léché discrètement l'emballage des éclairs, il est allé faire un somme avec le Mickey en peluche.

Violette aussi fut parfaite.

Tandis que nous nous délections de café décaféiné trop sucré, elle me fit savoir (je ne sais plus comment elle parvint à détourner la conversation qui roulait sur les mérites comparés de James Stewart et de Gary Cooper), elle me fit savoir qu'elle n'était ni fiancée ni liée d'aucune manière à qui que ce soit. Elle tint à me faire savoir aussi qu'elle n'était pas de ces filles stupides qui ne songent qu'à fréquenter un garçon de leur âge et à se marier et à avoir des enfants. Non, son idéal à elle, c'était un homme de dix ou quinze ans de plus qu'elle, marié ou pas (ça, elle s'en fichait bien, oh la la !) et susceptible de lui « apporter des choses ».

Quelles choses ?

Là, c'était vague. On nageait dans le flou, l'ineffable. Elle ne savait pas précisément. Mais elle sentait, elle pressentait qu'elle était destinée à être mieux que postière. Artiste, peut-être ? Elle ne savait pas. Mais elle savait que l'homme qu'elle rencontrerait (le type éventuellement marié, de dix ou quinze ans de plus qu'elle) le saurait, lui. Et que ça serait magnifique.

Le moment était venu de l'embrasser. Je l'ai embrassée. Ses lèvres étaient douces. Ce premier baiser sentit l'éclair au chocolat. Il y en eut d'autres.

Sans le chien Tulipe, et le Mickey en peluche, qui s'étalaient sans retenue sur le lit bateau, nous aurions sans doute été beaucoup plus loin.

Mais ce n'était que partie remise.

Majeunot était debout dans la lumière du matin. Pas rasé, l'œil lourd. Plus haut et pansu que jamais parce que vêtu seulement de son caleçon. Il venait me tirer du lit parce qu'il y avait quelque chose que je devais voir absolument.

— Quelque chose de grand, Julien. De très grand.

Il m'a entraîné sur le perron. Et c'était vrai que c'était grand, ce que j'ai vu. C'était Médor, le mâtin. Médor qui arrivait couvert de poussière. Médor qui avait marché si loin et pendant tant de temps qu'il avait les pattes, les doigts en sang. Médor qui suait à grosses gouttes, qui haletait. Il était tellement vanné, le molosse, qu'il ne pouvait plus faire que de toutes petites enjambées. Il a réussi à marcher jusqu'à moi. Et il a posé à mes pieds un des pékinois perdus qu'il tenait délicatement dans sa gueule, par la peau du cou.

Et le pékinois n'a pas eu un regard pour ce sauveteur vingt fois lourd comme lui qui s'était donné une peine sûrement immense pour le retrouver et le ramener sain et sauf à la Pension. Sitôt à terre, l'ingrat pékinois s'est dirigé vers la cuisine pour voir s'il y avait quelque chose à grignoter.

Et je n'ai pas eu le temps de complimenter Médor, parce que sitôt débarrassé de son fardeau, il s'est affalé. Terrassé par la fatigue.

Majeunot a sorti un billet de cent francs de son portefeuille. Il l'a donné à Simone et il l'a priée de descendre à Noisilles, d'aller chez le boucher et de lui demander une entrecôte de tout premier choix. Et de taille respectable. Et tendre. Et de la ramener aussi vite que son vélomoteur le voudrait bien. C'était une entrecôte pour Médor.

— Quand je pense qu'on décore des brutes de militaires parce qu'ils ont fait s'entretuer des gens, des flics qui ont envoyé d'autres gens se faire couper la tête, des poètes qui ne savent même plus compter assez loin pour faire des alexandrins, des députés nullards, des peintres abstraits et des danseuses de french-cancan et que ce chien n'aura pas la plus petite médaille ! ! ! Ce qu'il a fait, Médor, faudrait l'apprendre à tous les enfants dans toutes les écoles. Ça serait plus émulant — question civilisation — que de leur farcir la tête avec les Croisades, 1515, Napoléon, Corneille, les affluents du Rhin et du Mississipi et E égale MC2 et to be or not to be et veni, vidi, vici ! Sa statue, il devrait avoir, ce chien ! Et il l'aura pas. Mais ce qu'il va avoir c'est une copieuse injection de B 12. Pas une ration de chien de manchon. La piqûre grand format. Et la belle entrecôte. Pour un gaillard comme ce mâtin, je donne dix Christophe Colomb. Parce que Colomb, l'Amérique, il l'a trouvée sans se fouler et même pas en le faisant exprès, tandis que, Médor, pour le trouver, le pékinois, il a sué sang et eau et il était prêt à crever en route. Christophe Colomb, ça n'a jamais été qu'un chanceux. Tandis que Médor, c'est un héros. Un vrai. C'est pas compliqué, ce chien, je voudrais l'avoir pour fils.

C'est vrai que c'était un « vieux fou », Majeunot. Mais quel type. Les brûlés, les éclopés, les traumatisés, il les a tous guéris, remis à neuf. Et il a retroussé ses manches et aidé les Tchèques à retaper du château tout ce qui était encore retapable. En moins de quinze jours, l'aile gauche était redevenue non pas proprette et douillette comme avant l'orage, mais telle qu'elle était au temps de la cousine Aurore. Rats, souris, punaises et puces en moins.

Médor avait retrouvé un des trois pékinois. Sitôt repu de vitamines, d'entrecôtes et de félicitations, il reprit sa quête. Moustachu aussi jugea opportun de jouer les détectives. Il lui manquait un de ses amours de bébés caniches. Il ne le supportait pas. On ne le vit plus pendant trois jours, le corniaud Moustachu. Et quand il revint, il était bredouille. Et sale comme un peigne. Et déprimé. Plusieurs fois il reprit la route. Avant chaque départ, il allait porter ses trois fils adoptifs dans la cuisine — les confiant à Simone pour être sûr qu'il ne leur arriverait rien de fâcheux en son absence. C'est elle, Simone, qui sans quitter le château, retrouva le sloughi.

Une nuit, alors que les chiens, Majeunot et moi dormions comme des souches, elle eut l'impression d'entendre un râle. Et qui ne venait pas de la chapelle-poulailler-infirmerie. Pas très rassurée, elle se leva, alluma une des lampes à pétrole, s'enveloppa dans une couverture et sortit. C'était bien un râle. Et ça semblait venir de l'important tas de pierres fracassées, de poutres presque entièrement calcinées, de ferrailles tordues et de cendres pas tout à fait froides encore, qui s'élevait à l'emplacement de l'aile droite du château. Pas de doute possible : il devait y avoir un chien coincé là-dessous. Et dans quel état ? Simone vint nous réveiller, Majeunot et moi. Le temps d'enfiler nos pantalons, de prendre les outils que les Tchèques avaient laissés et... au boulot ! Deux heures plus tard, le sloughi Nicolas était dégagé. Il était resté coincé cinq jours. Il avait fondu de moitié et n'arrivait même plus à tenir ses yeux ouverts.

— De l'eau ! De l'eau tant qu'il en voudra, ordonna Majeunot. Et à manger. Pas trop. Et une bonne piqûre de B 12 !

Funèbre et ses amis braconniers suivirent le berger Dick à la trace jusqu'à Langeais. Ils le suivirent de vigne en vigne, de cave en cave, jumelant chaque demande de renseignements avec une séance (plus ou moins brève) de dégustation. Grâce à quoi, ils ne dessoûlèrent pas durant une demi-semaine. Mais ils finirent par le coincer ce bon gros toutou sans histoires ni lubies qui aimait les promenades, les pâtées bien lourdes et les siestes au soleil. Avant d'échouer chez nous, où il prenait de bonnes joues et commençait à perdre ses trop bonnes fesses, Dick vivait chez un joaillier du quartier de l'Opéra à Paris. Son maître ne supportant ce rustique animal dans son petit bijou de bijouterie que dans l'espoir qu'il sauterait à la gorge du voleur si un voleur se présentait. Faute de malfaiteur à se mettre sous les crocs, Dick s'ennuyait ferme et, à rester du matin au soir vautré sur une moquette moelleuse comme du beurre fondu, il perdait de vue l'idée que, comme ses ancêtres, il avait été créé pour la garde, la lutte, les combats héroïques et les prairies sans fin. A la Pension, il commença à se sentir vivre. Mais j'étais là, avec mes promenades organisées. Simone était là, avec sa cuisine bourgeoise. Il fallut l'orage, la foudre, le feu, pour que Dick se sente, enfin, libéré. Pour qu'il devienne un de ces chiens aventureux comme on n'en rencontre plus que dans les refuges de montagne, les cars de CRS ou les vieux romans de James Oliver Curwood. Le tonnerre ne l'avait pas plutôt tiré de son sommeil et de son avachissement qu'il fonçait dans la nuit, droit devant lui, à toutes pattes, qu'il sautait par-dessus des clôtures, levait des bestiaux qu'il ne connaissait pas : lapins, furets, musaraignes, hérissons, et les coursait en aboyant plus fort et plus sauvagement qu'il ne l'avait jamais osé. Ses propres aboiements l'épouvantant et l'émerveillant lui-même par leur sauvagerie. Dans un pré, il attrapa une mère taupe et en fit deux demi-mères taupes d'un seul coup de gueule. C'était très exaltant de faire ça. Et, se passant la langue sur les babines et découvrant le goût du sang chaud et vivant, il trouva ça plus relevé et appétissant que les plus coûteuses pâtées. Il but de l'eau de source. Fit pipi au pied d'arbres de cent mètres de haut. Il dormit dans des fossés. Il tua une oie et lui dévora les entrailles. Et c'était tout simplement excellent. Le patron de l'oie lui courut après avec une carabine. Et le visa. Et le manqua. Et Dick lui aboya les pires insultes, à ce pécore. Et il tua une autre oie, dans une ferme, mais ne lui mangea pas les entrailles. Il l'avait tuée juste pour la beauté de la chose. Parce qu'il était un grand chien magnifique qui buvait dans des mares à grenouilles, qui dormait sur des tas de fumier si ça lui chantait, qui terrorisait les enfants des hameaux qu'il traversait, qui fonçait sur les lumières des voitures dans la nuit et les forçait à freiner si brusquement que, parfois, elles dérapaient et la dame qui était assise à côté du monsieur qui conduisait hurlait de trouille. Et Dick était ravi de faire peur. Parce que les grands chiens magnifiques doivent faire peur. Il lui arriva de tomber sur un trimardeur endormi dans la paille d'une grange et de le mordre. Et le trimardeur prit la fuite, oubliant sa sacoche et des œufs qu'il avait volés. Et Dick se lança à ses trousses et le força à escalader un mur. Dick, le grand chien magnifique, vola des rillons qui refroidissaient dans un plat en émail sur une fenêtre. Dick fit tomber un cycliste. Il tua deux lièvres. Un chat blanc. Il saccagea un jardin, arrachant toutes les fleurs, tous les plants de tomates. Il reçut une pierre qui lui fit très mal. Une pierre lancée par un garçon rouquin. Une pierre qui le fit saigner. Il lécha son sang à lui. Mais ce n'était pas si relevé et appétissant que du sang de taupe. Il fit courir tout un troupeau de vaches. Mais là, ça faillit tourner mal. Parce qu'un autre grand chien magnifique s'en mêla. Il était tout noir. Et il mordit Dick à la jambe. Et Dick se sauva. Humilié. Boitant. Perdant beaucoup de sang. Dans une forêt, il croisa un sanglier. Sur une route, il tomba sur un petit serpent et il y eut encore une fameuse sarabande. Et puis des gendarmes...

Tous les vignerons, tous les paysans à qui Funèbre et ses acolytes s'adressaient, avaient du mal à dire de Dick.

— Il m'a estourbi mon oie, ce mauvais.

— C'est un malfaisant. La chance qu'il a eue que mon pétard soit pas chargé.

— Une muselière, qu'il lui faudrait, à cette charogne. Moi, je te lui en ferais bien une. Avec du barbelé.

— Il filait si vite que je l'ai loupé. Et pourtant, je suis bon tireur.

— Votre clébard, les amis, c'est pas compliqué : je le vois, je le tue.

— Quatre poules, qu'il m'a saignées.

— Moi, mon coq. Un coq primé.

— Un chien comme celui-là, c'est la honte de sa race.

— Parfaitement : tout le lait de mes vaches a tourné en beurre.

— Venez, mais venez donc voir comment il me l'a arrangé mon chapon.

— C'est pas un chien. C'est un loup.

— Pas besoin d'avoir fait des études pour voir qu'il est enragé, c't'animal.

— Pire qu'un renard, je vous dis.

Les gendarmes connaissaient Funèbre et ses amis — et pour cause — ils voulurent bien admettre que c'était un chien du château parce qu'ils avaient appris l'incendie et ses suites dans un journal local. Le Dick, ils s'étaient mis à six — armés jusqu'aux dents — pour le capturer. Ils le tenaient. Il était dans une cage, à rogner. Les gendarmes refilèrent très volontiers ce « danger ambulant » aux trois ivrognes. Bien heureux d'en débarrasser la gendarmerie où, depuis qu'il était là, on ne s'entendait plus jouer à la manille. Mais, à leur avis à eux, aux gendarmes, dans « l'état d'animosité où cet animal était tombé », le mieux, c'était de lui faire une piqûre.

— La peine de mort, ça existe pour les hommes. On voit pas pourquoi ça existerait pas aussi pour les chiens, dit le brigadier en trinquant avec Funèbre.

En ce temps-là, en France, la peine de mort existait encore. Mais Majeunot préféra traiter Dick avec des tisanes calmantes. Et puis... l'aventure, Dick en avait eu largement sa dose. Renonçant à être un chien magnifique, il se refit très vite et très bien aux pâtées bien lourdes de Simone et aux horaires rassurants de la Pension.

Margaret et Wagram s'offrirent, eux aussi, une échappée pas banale. Deux chiens, si discrets, obéissants et sages, Wagram et Margaret, que nous les connaissions tout juste de vue. Des pensionnaires en or, ces caniches si normaux, si pondérés, comparés à Sidonie la folle. Wagram venait de Paris (ses maîtres étaient coiffeurs près du métro Wagram). Margaret de Saint-Germain-en-Laye. Il avait les poils cordés. Elle était un peu trop frisottée pour avoir grand genre, mais c'était une bête charmante et très réservée. Il était blanc. Elle était rose. Ou presque. Si on les voyait, si on les entendait si peu, ces deux-là, c'est que, dès qu'ils s'étaient vus, flairés, ils avaient compris qu'ils étaient faits l'un pour l'autre et s'étaient mis à ne pas se quitter et à faire panier commun. Ils étaient oreille contre oreille, soufflant d'un même souffle, quand l'orage éclata. Ils firent peu de chemin. A moins de cinq cents mètres du château, une lourde porte était entrebâillée. La porte d'un chai. Ils s'y réfugièrent. C'était vaste, froid et sombre. Et il flottait dans l'air une curieuse odeur, une odeur entêtante. Le vent ayant refermé la porte derrière eux, ils furent comme qui dirait emprisonnés. L'odeur n'était pas qu'entêtante. Elle était étourdissante aussi. Bon. Les deux caniches sombrèrent dans un sommeil profond. L'alcool qui flottait dans l'air les avait grisés. Mais allez faire comprendre ça à des caniches. Ils ne cherchaient d'ailleurs pas à comprendre. Ils s'étendirent aussi près l'un de l'autre que possible et fermèrent les yeux. Ils se réchauffaient. C'était bien. Ils dormirent une trentaine d'heures. Sur des vieux sacs, dans un coin où nul vigneron ne pensa à aller regarder si des chiens ivres n'y étaient pas cachés. Quand Margaret reprit conscience, elle se sentait bizarre, barbouillée, la tête lourde. Et la langue si sèche qu'il fallait qu'elle boive.

Elle ne trouva rien d'autre à boire que le fond d'un seau de vin. C'était épais, râpeux. A son mal de tête s'ajouta un violent mal de cœur. Elle avait aussi les pattes qui pliaient, qui refusaient d'aller où elle voulait. Alors elle s'allongea sur le sol et attendit. Elle attendit dans un état semi-comateux que Wagram vienne la flairer. Ce qu'il fit. Mais à peine avait-il approché sa truffe du museau de sa bien-aimée qu'il recula horrifié. Elle n'avait plus son odeur à elle. Elle sentait comme tout sentait dans cet horrible endroit. C'était ignoble. Wagram se détourna de Margaret, profondément choqué. Wagram avait soif lui aussi, mais le liquide rougeâtre qui croupissait dans le fond du seau de bois le rebuta. Il fit le tour du chai, cherchant de quoi s'abreuver. Rien. Pas la plus petite goutte d'eau. Avisant une échelle, il décida de poursuivre ses investigations dans les hauteurs.

Ascension périlleuse. Wagram était jeune et alerte. De là à jouer les chiens de cirque... Il venait d'atteindre le neuvième barreau de l'échelle quand Margaret — qui cauchemardait ferme — aboya. Un aboiement, ce cri qui sortit de sa gorge ? Ça avait quelque chose d'un aboiement mais ce n'en était pas tout à fait un. C'était le cri de désespoir d'une chienne ivre et n'ayant pas, mais alors pas du tout, le vin gai. Un cri si strident que Wagram, terrorisé, perdit pied et chuta au beau milieu d'une cuve pleine de 12° en train de vieillir. Rien à voir avec le contenu de la baignoire des (riches) coiffeurs du quartier Wagram. Ni avec l'eau transparente de la Brenne. Le caniche coula à pic, toucha le fond et — le pire ! — but la tasse. Comment Margaret finit par se retrouver elle aussi dans cette maudite cuve ? Mystère. Ce que firent — dans le chai — ces deux chiens, plus saouls que les Polonais ou les cochons les moins tempérants, durant les cinq jours et les cinq nuits qui suivirent ? J'ai essayé de l'imaginer à plusieurs reprises. Mais j'ai tout lieu de penser que mes suppositions les plus hardies, les plus perverses, furent très en deçà de la réalité. Dante, qui avait le sens de ces choses-là, aurait peut-être pu décrire la monumentale cuite de Wagram et Margaret. Peut-être.

Quand Blaise Bahut, propriétaire-récoltant à Maupoincy, repêcha les deux caniches, ils étaient couleur de betteraves rouges et agités de convulsions proprement démoniaques. Il me les rapporta dans une brouette car ils étaient bien incapables de se tenir debout. Il était ivre, lui aussi, le propriétaire-récoltant. Mais de rage. Après les chiens et après moi. Il parla de me faire payer les dix ou quinze mille litres de vin de sa cuve. Au point où j'en étais, j'avais bien besoin de ça. Mais Majeunot s'en mêla. Majeunot connaissait Blaise Bahut — dont il appréciait vivement la production — et il savait que l'immersion d'une mouche, d'une souris, voire d'un chat dans une cuve n'a jamais empêché le vin de ladite cuve de vieillir en beauté. Le propriétaire-récoltant en convint. Il nous raconta même comment au repas de communion d'une fillette de Noisilles, on avait trouvé un escargot *vivant* dans une bouteille de vin millésimé et cacheté !

C'est Majeunot qui se chargea de dessaouler (en leur faisant un lavage d'estomac avec un tuyau d'arrosage et un entonnoir en plastique) et de rapproprier Wagram et Margaret. Ce qui n'alla pas sans mal. L'eau de leur septième shampooing était encore rouge comme du sang. Aucun chien ne les approcha pendant un bon mois. Et (là nous touchons du doigt le fond du drame) plus jamais Wagram ne s'approcha à moins de vingt pas de Margaret, et Margaret en fit autant avec Wagram. Ils avaient noyé leur amour dans le Maupoincy. Un conseil, pour en finir avec cet éprouvant épisode : si, au cours d'un repas, on vous sert du maupoincy, n'en buvez pas. Il est peut-être de l'année où ces deux débauchés de caniches ont fait pipi dans la cuve.

Manquaient toujours un bébé caniche, le bichon Orléans et le cocker Ubu.

Il fallut chercher encore.

Il fallut aussi faire face. Face aux maîtres affolés parce qu'un quotidien parisien, faisant son miel de la brève information publiée dans une gazette locale, jugea bon de titrer sur trois colonnes : ORAGE TRAGIQUE... UN CHÂTEAU DE LA LOIRE RÉDUIT EN CENDRES... CENT CHIENS BRÛLÉS VIFS.

C'est le papa de Samovar qui arriva le premier. Pour — je ne fais que le citer — « défoncer la gueule de l'enfoiré qui avait laissé cramer son chien ». Il en brûlait tellement d'envie que, dès qu'il m'aperçut, il fonça sur moi et m'envoya un maître direct à la mâchoire, que j'encaissai sans joie. Je n'ai jamais été porté sur les coups. Ni à titre de donneur, ni à titre de receveur. Sans Majeunot, sans Simone, sans un bon paquet de chiens qui volèrent spontanément à mon secours, il m'achevait, ce brutal. Il était si désireux de venger son « cher petit mort par ma faute » qu'il ne remarqua même pas que le « cher petit » était si peu mort qu'il lui mordait le mollet pour lui apprendre à m'agresser.

Quand Simone parvint à lui faire remarquer que Samovar était vivant, il ne vint pas même à l'esprit de ce cogneur malavisé de me demander pardon pour le direct. Il me demanda seulement de lui rembourser les trois semaines de pension payées d'avance pour son basset. Majeunot sortit une nouvelle fois son portefeuille. Et le malappris s'en fut, emmenant un Samovar qui se cabrait au bout d'une laisse.

Pas content du tout de rentrer en ville.

Il doit être vieux, Samovar, au jour d'aujourd'hui. Il lui arrive peut-être de rêver à cette nuit au cours de laquelle il saigna quatre lapins dans le clapier d'un Tourangeau hargneux (ce qui est rare). Une nuit fabuleuse, pas vrai, Samovar ?

Puis vinrent des dames. Pas belliqueuses. Désolées. Affligées. Elles s'apitoyèrent sur le château. Sincèrement. Et versèrent des larmes. L'une parce que son samoyède était mort. L'autre parce que son lévrier avait failli mourir. Une autre encore se trouva mal quand elle vit son Riquet qui était là, faisant des galipettes dans l'herbe. L'apparition d'un fantôme de film d'horreur avec son drap immaculé et ses chaînes ne lui aurait pas fait plus d'effet. Majeunot parla de lui administrer une giclée de B 12. Mais quelques tapes sur les joues et un verre de « vin de santé » la remirent d'aplomb. Elle était contente, contente au point de nous embrasser, Simone, Majeunot et moi.

Puis vint Médor. Encore lui. Avec, dans sa gueule, un pékinois de plus. Il les avait retrouvés tous les trois, les pékinois !

Il revint juste à temps, l'héroïque (et redoutable)

Médor pour faire fuir deux journalistes parisiens — un avec plein d'appareils photo, l'autre sans — qui voulaient faire un reportage bien croustillant sur « le château aux cent chiens morts ».

Médor mordit le photographe.

Une sale morsure, je crois.

Puis arrivèrent les vendangeurs. Quand ils arrivaient, d'un peu partout, ça animait fichtrement la région. Il y avait des étudiants qui venaient se faire trois francs six sous en attendant la rentrée. Des cossards et des prétentieux, ces futurs savants, à en croire les propriétaires-récoltants. Il y avait de ces drôles de bonshommes qu'on voit dans les campagnes, des clochards ambulants préférant l'odeur des étables à celle du métro. Mendiant et volant le plus souvent. Et travaillant une fois de temps en temps pour se changer les idées. Il y avait des cousins, des cousines, des neveux, des nièces de gens de Noisilles, de Vouvray, de Creublois, de Bougny, de Maupoincy, de Chirbougne, qui arrivaient dans leurs voitures, en car, en train, en solex, en bécane, à pied même. Ils venaient pour donner le coup de main et aussi, pour ne pas dire surtout, pour s'en payer une bonne tranche. Parce que c'est tuant, les vendanges, tuant mais gai. On se crève du tout petit jour à la nuit tombée, d'accord. Mais on se crève en chantant, en riant, en se faisant des niches idiotes, en respirant du bon air à pleins poumons, en grapillant pire que des oiseaux. Et puis, une fois le dernier panier de la journée versé dans le dernier tombereau, c'est comme la fête. Une fête païenne, bruyante, désordonnée, volontiers paillarde. On s'attable à beaucoup, bien serrés les uns contre les autres, sans même se laver les mains qu'on a toutes rouges, toutes poisseuses, toutes sucrées et on mange plus qu'à sa faim, on s'empiffre des marmitées d'haricots au lard, des soupières de soupes bien grasses, on fait sa fête au cochon tué pour l'occasion, on se bourre de pain beurré, de tartines de rillettes surtout pas dégraissées comme quand on les vend dans les chics magasins parisiens pour mangeurs anémiques et anémiés, on mange des lapins, des poules, des patates, des montagnes de patates, et des ragoûts, de la purée de pois au boudin, de la potée au chou, de la tête de veau, des pieds, des salsifis à la béchamel, des œufs durs dans de la sauce tomate et des chatteries au lait. Et on boit. Sec. On boit du petit vin moins goûteux et coûteux que celui qui découlera de la vendange. Pas du vin pour ceux qui le boivent, du vin pour ceux qui le font. Du vin foncé, costaud, brutal. Et, tout en mangeant, en buvant, jusqu'à plus faim et plus soif, on parle très fort, pour ne dire que des âneries, des niaiseries, des rigolades, des menteries, des vantardises, du mal des absents, des polissonneries et souvent même de franches cochonneries. Et on se raconte des histoires drôles. Les mêmes tous les ans. Des blagues consternantes qui resservent d'une vendange à l'autre et font, au fil des années, toujours de plus en plus rire. Et on rote si besoin est. Aussi fort que possible. Et ça, ça fait rire aussi. Et le plus vieux est prié d'en pousser une. Et il la pousse. Avec plaisir. Une chanson de son temps à lui. Les « Blés d'or » ou une fadaise de cette farine. Puis c'est à la plus jeune de chanter. Elle rougit, la plus jeune, se fait prier, minaude et finit par susurrer un air à la mode. Cette année-là, un air « yé-yé ». Une chanson de Johnny Hallyday. C'est qu'il commençait à chambouler très fort les têtes des gamines un peu fragiles de la tête, le Johnny. Puis, après la mangerie, la beuverie, les idioties et les chansonnettes, sans trop se laver on va se coucher. Et ça devient encore plus drôle. Parce que les gens qui sont venus pour la vendange, ils dorment dans les granges, dans les étables. Dans des lits de fortune ou dans pas de lit du tout. Sur de la paille. Quasiment nus si septembre est chaud. Et, fatalement, ça fricote un brin. Pas vicieusement. C'est jamais l'orgie, jamais le vice. Mais on s'amuse un tantinet, quoi !

L'orage, le terrible orage, n'ayant pas trop abîmé la vigne, les vendanges furent bonnes, cette année-là.

Plusieurs nuits de suite, Majeunot bouda son lit de camp. Il avait à faire là où ça vendangeait. Et, au matin, il nous revenait. Toujours vif et bruyant et stimulant.

Ces nuits-là, j'étais seul avec Simone. Ces nuits et les soirs qui précédaient les nuits, bien sûr. Parce que Majeunot dînait un coup à Bougny, un coup à Creublois, un coup à Maupoincy, un coup à Vouvray. Simone me faisait la meilleure cuisine possible. Nous parlions en mangeant. Nous parlions des chiens, des problèmes — d'argent et autres — dont je ne voyais pas encore très clairement l'étendue. Nous parlions de la vie. Des vies.

Celle de Simone n'avait pas été bien folichonne.

D'abord, elle était laide. Inutile de lui dire que non, qu'elle se faisait des idées, qu'elle était tout à fait gracieuse, qu'elle avait le front joliment bombé, des yeux en amandes, ce qui est très beau, que son nez était ceci ou cela, qu'elle était grande et que, c'est bien connu, les cover-girls, les reines de beauté, sont des géantes. Simone avait vite fait de vous faire ravaler vos pieux mensonges. Sans la moindre illusion, elle était. Elle savait qu'elle avait quinze centimètres de trop, que ses yeux étaient un peu louchons, que son nez était gros, que ses cheveux étaient de vrais poils de carotte. Elle le savait mais ne s'en plaignait pas. Elle n'était pas sûre qu'il y ait un Dieu mais elle était sûre que c'était lui qui l'avait faite comme ça, et qu'on n'y pouvait rien, et que la beauté c'est moins important que la santé. Qu'elle avait très bonne.

Elle était laide, donc. Et pauvre. Parce que fille d'un homme sans instruction et sans ambition, qui avait mangé son fonds (une quincaillerie à Blois) avec une petite punaise jolie comme un cœur. Sa mère ? Simone ne l'avait pas connue. Elle était morte quand elle n'avait, elle, que dix-huit mois.

Laide, pauvre, pas gâtée sur le plan de l'affection paternelle et maternelle. Et quoi encore ? Simone aurait aimé faire des études. La médecine ou quelque chose comme ça. Pas moyen. C'était trop long, les études. Elle avait été employée dans une blanchisserie, dans une usine de prêt-à-porter, elle avait fait une dizaine de métiers, pas exaltants et payés comme le sont ces métiers-là : le minimum. Il y avait aussi un homme dont elle était tombée folle. Un méridional, employé de banque et très musicien. Il l'avait trompée avec sa sœur aînée. Ça l'avait guérie des hommes. Et de tout. Si bien guérie que, quand elle était arrivée au château, elle sortait de l'hôpital où elle s'était retrouvée pour avoir voulu en finir en se jetant dans la Loire à un endroit où il y avait assez d'eau pour que n'en réchappe pas quelqu'un qui, comme elle, ne savait pas nager. Mais un passant l'avait sauvée. De justesse.

Pauvre Simone.

Elle aurait été moins laide et il n'y aurait pas eu, dans sa chambre au lit bateau, une postière menue que je n'avais pas le temps de voir mais à qui je pensais très fort, sûrement que je l'aurais embrassée, Simone. Je l'aurais cajolée un peu. Elle avait peut-être besoin de ça et ça m'aurait peut-être détourné de mes soucis. Parce que, question soucis...

Sans parler des chiens morts, des chiens blessés, des chiens perdus, il y avait les chiens rescapés qu'il fallait nourrir. Avec quel argent ? Tout ce que notre Pension (une affaire allant très bien) rapportait, Jeanne l'avait investi aussitôt en embellissements du Château. Les quelques milliers de francs qui étaient dans le tiroir du bureau avaient brûlé avec le bureau. Et je n'avais plus un franc. Les commerçants de Noisilles, les admirables Tchèques me faisaient crédit. Jusqu'à quand ? Et Simone, il fallait la payer, elle aussi.

— Me payer, moi, c'est pas pressé pressé, vous savez. C'est pas pour les occasions de dépenser que j'ai dans cette campagne...

— Vous n'avez même pas une robe de rechange. Et celle que vous avez sur le dos n'est même pas à vous.

— Eh bien j'irai toute nue. C'est pas comme ça que je suis la pire. Je dirais même : au contraire. Si plus de gens m'avaient vue toute nue, j'aurais certainement une bien meilleure réputation.

Elle disait ça, qu'elle pensait le plus sérieusement du monde, sans façon, sans sous-entendu, et elle riait. Et elle se levait et allait chercher, là où elle l'avait mis à refroidir, le flan instantané pistache qu'elle m'avait préparé. Et trois, quatre, dix chiens accouraient. Moustachu en tête. Suivi de près par ses bébés caniches et les bichons (toujours gourmands mais de plus en plus poussifs). Et ça ne faisait plus qu'une cuillerée de flan pour chacun.

Sitôt le flan instantané liquidé (ce qui ne prenait réellement qu'un instant), je revenais à mes soucis : les maîtres des chiens qu'il aurait fallu prévenir et dont nous n'avions pas les adresses, ceux qui allaient débarquer et me demander des comptes comme si j'étais responsable des orages et des catastrophes qu'il provoquent, et, le plus triste : les chiens qu'on allait nous reprendre, un par un, jusqu'au dernier, parce que cette désespérante ruine de château n'avait plus rien à voir avec le CADRE MAGNIFIQUE ET SÉCULAIRE qui nous avait valu une si belle clientèle.

— C'est fini, Simone, la Pension pour chiens, n,i,ni, fini.

— Fini ?

Simone se mettait à renifler. A renifler de plus en plus fort parce que son envie de pleurer était de plus en plus forte.

Alors, pour la laisser sangloter à son aise, j'allais m'asseoir sur ce qui restait du perron. Et je me morfondais, dans le noir, en caressant le chien que la compagnie d'un maître aussi moralement délabré ne rebutait pas trop. Le plus souvent, c'était Moustachu qui était bien défait lui aussi à cause de ses quatre enfants adoptifs qui n'étaient plus que trois. On peut dire qu'elles étaient gaies, nos soirées.

Pendant ce temps-là, les vendangeurs, même les plus vannés, ne parvenaient pas à s'endormir sur leurs bottes de paille, leurs piles de vieux sacs ou leurs châlits, parce qu'ils avaient le fou rire.

C'est bien simple : de là où j'étais à me morfondre, j'entendais des tempêtes de rires dans la nuit. Des rires qui venaient de Vouvray, de Maupoincy, de Creublois, de Bougny.

Et les chiens, tous les chiens les entendaient aussi.

Et ils restaient là, dans la cour de ce qui n'était décidément plus un château, ils restaient là, les chiens, bien calés sur leurs derrières, à écouter ces rires qui venaient des quatre points cardinaux et à penser, comme moi, que les rieurs avaient bien raison d'en profiter parce que le temps des pleurs ne manquerait pas d'arriver.

Et les rires se sont tus.

Ce fut alors l'automne.

A Noisilles, à Maupoincy, à Bougny, partout, on avait remisé paniers et hottes et, déjà, on choisissait les cochons que l'on gaverait de rognures et d'eau de vaisselle une année durant, pour qu'ils soient ronds à souhait quand les vendangeurs reviendraient. Et les gamines et les gamins devenaient de jour en jour plus hargneux parce qu'ils voyaient la rentrée s'approcher à grands pas.

Pour les mères à chiens et les pères à chiens, aussi, c'était la rentrée. Terminée, la Croisière du Soleil avec visite facultative (mais quand on paye certains prix, on ne veut louper rien) de chaque île grecque, aussi petite et inintéressante soit-elle. Terminée, la cure à Plombières (celle pour les intestins paresseux). Terminé, le safari au Kenya avec (moyennant un léger supplément) le droit d'assassiner un éléphant. Terminée, la tournée des casinos. Terminée, la tournée des grands-ducs. Terminé le soi-disant très important séminaire d'hommes d'affaires pendant la durée duquel on a promené sa secrétaire. Terminé le séjour chez les amis qui bridgent si bien mais sont allergiques aux chiens.

Les maîtres étaient là qui venaient reprendre leur caniche, leur cocker, leur griffon, leur lévrier. Ça leur faisait un drôle d'effet de voir le château tel qu'il était devenu. C'est qu'ils ne savaient pas. Au Kenya, sur la piste des éléphants blancs, dans les îles grecques, dans les casinos, chez les amis qui bridgent si bien et sont allergiques aux chiens, on lit très peu les journaux. Et d'ailleurs un seul en avait parlé, de « l'Orage tragique ». Et, au téléphone, Violette s'était bien gardée de paniquer les pères à chiens et les mères à chiens qui l'appelaient pour avoir des nouvelles. Elle disait invariablement, comme je l'en avais priée, que l'animal se portait bien, qu'il mangeait bien, s'amusait bien.

Et voilà qu'ils arrivaient, les maîtres, et qu'ils me trouvaient dans mon jean plus regardable, les cheveux pas égalisés depuis le départ de Jeanne, pas rasé non plus puisque même mon rasoir avait disparu lors de l'incendie. Et voilà qu'ils ne retrouvaient plus la directrice (Jeanne) qui leur avait fait si bonne impression. Et voilà qu'ils ne voyaient plus qu'un tas de pierres chancelantes, là où ils avaient vu un authentique monument historique. Et voilà qu'ils apprenaient que leur chien était mort, ou éclopé, ou en cavale !

C'en était trop.

Pour un maître qui se contenta de m'injurier et de filer bien vite en serrant contre son cœur son cher toutou qui, décidément et grâce au Ciel, l'avait échappé belle, il y eut dix maîtres, vingt maîtres, fous de colère. Et sur ces dix, vingt maîtres suffoquant d'indignation et de rage, il s'en trouva trois pour tomber d'accord sur l'idée « qu'un bon petit procès me ferait les pieds ».

Un procès pourquoi ?

Les maîtres d'un griffon qui resterait un peu borgne et un peu éclopé sa vie entière (en dépit du savoir et du dévouement de Majeunot) connaissaient un grand avocat. Il saurait trouver, lui, ce maître du barreau, pourquoi et comment il fallait m'attaquer.

A la pensée qu'on allait me traîner devant les tribunaux, me juger et forcément (elle l'aurait parié) me condamner, Simone fut terrorisée.

Moi, la perspective d'un procès (même perdu d'avance) me laissait froid. Ce qui me minait, c'était de voir les chiens s'en aller. Dick ! Dick qui avait été si méchant les jours où il s'était pris pour un grand chien magnifique et qui était redevenu si bon chien et qui était condamné à attendre éternellement la visite d'un voleur hypothétique dans une bijouterie où il était absolument interdit d'avoir les pattes sales et de cacher des os ! Margaret et Wagram ! Dont je savais que plus jamais ils ne se baigneraient dans du vin et qui allaient devenir deux caniches comme les autres, qui hanteraient mélancoliquement, l'une les caniveaux de Saint-Germain-en-Laye, l'autre ceux du quartier Wagram. Quinquin ! Niouniou ! Poupette ! Cigale ! Négus !... On me les prenait tous, ces bons ou méchants diables à quatre pattes avec lesquels j'avais passé de si longs (et souvent si bons) moments !

Cruel, non ?

Il y eut du bon aussi. La maîtresse de Sidonie

télégraphia (de Los Angeles) qu'elle nous laissait sa chienne jusqu'à Noël. Un mandat télégraphique suivait le télégramme. La maman d'un des pékinois (miraculeusement retrouvés par Médor) nous laissait aussi son cher petit. Elle était retenue aux îles Falkland ou quelque part par là. Il y avait aussi un basset artésien (Léon) qui me resta inexplicablement sur les bras. Ses maîtres avaient dû l'oublier. Ou ils avaient fait naufrage. Et il restait Anjou, Béarn et Valois. Mais ce n'étaient pas des chiens « payants ». Moustachu non plus. Ni ses caniches adoptifs. Ses trois caniches adoptifs, car le quatrième courait toujours. Et le cocker Ubu aussi.

Il appartenait à un homme très compréhensif, le cocker Ubu. A un artiste peintre qui — c'était lui qui le disait — peignait mal mais vivait bien : Jérôme Moutier.

— Jérôme Moutier. Paysagiste. Mais vous pouvez pas connaître. Personne connaît Jérôme Moutier. D'ailleurs, mes tableaux, je les signe plus. Je suis comme qui dirait le peintre inconnu. Mais je vends. Surtout des paysages. Je dis pas que j'y glisse pas, à l'occasion, un bonhomme ou deux, dans mes paysages. Mais mon truc, c'est le paysage. Et ressemblant. Mes tableaux, question ressemblance, ça bat les plus fidèles photos. Je serais bien incapable de vous expliquer d'où ça me vient. Mais c'est plus fort que moi : je fais ressemblant. Et ça remonte à loin. A mon premier dessin. J'avais pas trois ans. Un dessin aux crayons de couleur. Des Franbel. C'était la marque la plus cotée à cette époque-là, les Franbel. Ma marraine m'en offrit une boîte de douze. Pour que je fasse des gribouillages. Gribouillages mon œil ! J'ai pris une feuille de papier à lettres à ma mère et j'ai dessiné ma marraine en entier, avec sa robe mi-longue à fleurs comme on les faisait alors, ses bas de soie pas bien tirés, et toutes ses frisettes. Tellement ressemblante qu'on a cru que j'avais décalqué une photo. J'avais décalqué rien du tout. J'avais un don. Après le portrait de ma marraine, j'ai fait celui de papa, de maman, de mon grand-père, de la concierge, de l'homme qui venait relever les compteurs à gaz. Je l'avais vu que deux minutes, celui-là. Ça suffisait. Une demi-heure après son passage, j'avais accouché d'un portrait qui aurait pu être collé tel quel sur une carte d'identité. Bien entendu, à quatre ans, ma famille et moi-même savions que je serais artiste peintre. A quinze ans, j'étais reçu premier au concours d'entrée à l'École des Arts Appliqués. C'est là que mes ennuis ont commencé. J'étais le meilleur pour dessiner des antiques au fusain ou peindre des natures mortes à la gouache. Faire plus ressemblant que moi, aucun autre élève pouvait. Mais, dès qu'il s'agissait de faire preuve d'imagination... Waterloo ! La débâcle ! Zéro ! Je ne savais que copier ce que je voyais. Copier à la perfection. Mais copier, point c'est tout ! Naturellement, de trois à quinze ans, j'avais vu des choses, lu des livres, gambergé. Les cubistes, Picasso, Miró, Dali... Ça me faisait rêver tout ça. Je les enviais terriblement, ces types capables de peindre des oranges bleues et des pommes carrées. J'ai essayé de faire comme eux. Macache ! Pas moyen. Que je l'attaque à l'huile ou à l'eau, mon orange, je ne pouvais pas faire autrement que de la peindre exactement comme elle était. Et mes portraits étaient toujours de plus en plus ressemblants. Pour peindre une femme avec le nez pas à sa vraie place comme Picasso, il m'aurait fallu avoir comme modèle une femme ayant vraiment le nez pas à sa vraie place. Pour peindre, comme Dali, des montres molles, il m'aurait fallu en avoir des montres molles, et les copier. Problème ! « Trop doué pour devenir un peintre intéressant », voilà comment j'étais fiché par mes éminents professeurs. Alors j'ai ravalé mes ambitions, j'ai laissé tomber les écoles et j'ai continué à peindre comme je pouvais. Et j'en ai vécu. Très bien. Et j'en vis. De mieux en mieux. Voyez, j'ai ma caravane grand standing et je roule. En trente ans, neuf millions de kilomètres au compteur. J'ai vu du pays. Et partout, partout, j'ai vendu des tableaux. Facilement. Quand j'en ai assez de rouler, je m'arrête. Je plante mon chevalet. Et je peins ce que je vois. Un champ, un moulin, une maison. Et c'est toujours tellement fantastiquement frappant de ressemblance que le propriétaire du champ, du moulin, de la maison le veut, mon tableau. Il le veut à tout prix. Mais avec moi, pour ce qui est des prix, c'est souple, très souple. Si j'ai planté mon chevalet devant une superbe villa de la Côte d'Azur, c'est cher. Si je l'ai planté devant une misérable cabane, une paillotte déplumée ou un igloo à moitié fondu, c'est beaucoup beaucoup moins cher. Il m'est arrivé de vendre un tableau — le palais d'un maharadjah — trois millions anciens. Il m'est arrivé d'en céder d'aussi bien peints mais qui représentaient une cahute de rien du tout sur fond de campagne pouilleuse en échange d'une paire d'espadrilles, d'une noix de coco ou d'un fromage de brebis. Normal : je suis le peintre inconnu. Mais je vais et je vis.

Son chien était en vadrouille. Pas grave. Il n'allait pas se mettre à m'en vouloir pour si peu, Jérôme Moutier. Son cocker, il allait l'attendre. Je l'autorisai à garer sa caravane Volkswagen jaune citron sale sur ma pelouse ? Bravo ! Parfait ! En attendant que son chien daigne reparaître, il allait exercer ses talents dans la région. Ce qui valut au maire de Noisilles de pouvoir acquérir pour une somme honnête un tableau le représentant avec son écharpe, devant la mairie, et à la boulangère d'être portraiturée (en pied et avec sa mère infirme) devant sa boulangerie. Il mit tout Noisilles, tout Vouvray, tout Maupoincy en tableaux, le peintre inconnu. Calculant toujours ses prix de vente « à la tête du client ». Quand il ne peignait pas, il restait vautré dans sa maison roulante à écouter des disques de jazz. De vieux jazz. Du temps des ragtimes rigolards et des blues pleurnichards.

Et quand il n'était pas en train de peindre des tableaux tellement ressemblants que c'en était inquiétant, ou de passer et repasser ses disques éraillés, il buvait avec Majeunot en évoquant des coins incroyables peuplés de citoyens pas possibles.

— Vous voulez parler de la maison de thé de Madame Niaque-Niaque ?

— Exactement. A deux pas de cette taverne où un nain bossu vous servait la meilleure salade de libellules d'Asie.

— Pas la meilleure. A Bombay, chez Oncle Ni...

— L'édenté ? Celui qui collectionnait les squelettes de rats ?

— Oui. Oui. Oui. Et la mère Bong et ses paupières tatouées !

— A Tananarive ? A côté du cinéma qui ne passait que des opérettes égyptiennes doublées en malgache ?

— Oui. Elle est morte.

— Pauvre vieille. Morte comment ?

— Le bruit a couru que ses voisins l'avaient mangée. Mensonge ! Moi, je suis persuadé que c'étaient ses enfants.

— Des enfants volés, si tu veux le fond de ma pensée.

— Pas d'accord avec toi. Ils avaient ses yeux. Et des yeux de ce rouge-là, pour trouver les mêmes...

— Et la jeteuse de sort qu'on appelait Tour Eiffel...

— Tu veux dire cette grande femme, à Yaoundé qui avait un crocodile dans sa salle à manger ?

— A Yaoundé, t'es sûr ? C'était pas plutôt à Boro-Boro ?

Ils étaient à tu et à toi. Heureux d'être ensemble. S'exaltant l'un l'autre. S'excitant, s'encourageant à boire et à bavasser des nuits entières. Fatigants, à la longue. Fatigants parce que trop causants.

C'est en les écoutant, tous les deux, que je me suis rendu compte que j'aimais de moins en moins les bavards et le bavardage, que les plus belles paroles commençaient à me paraître bien fades, bien dénuées de sens comparées à de beaux aboiements.

Majeunot était mon grand, mon meilleur, mon seul ami et le peintre Moutier m'était sympathique mais, en leur compagnie, il m'arrivait de trouver le temps long. Ce qui ne m'arrivait pas avec Simone. Mais elle parlait peu. Ce qui ne m'arrivait pas non plus avec Violette. Mais je la voyais peu. Trop peu. Ce qui ne m'arrivait jamais avec Moustachu, mes vieux bichons ou Sidonie.

Ma troupe était bien petite : trois bichons, trois pékinois, un basset artésien, une Sidonie, un Moustachu. Une misère de troupe. Tant pis ! Chaque jour que Dieu faisait, comme au temps des vaches grasses, je criais « Les chiens ! Les chiens ! » et les chiens arrivaient et nous attaquions la promenade. A pas menus. Parce que les caniches avaient encore de grosses patoches maladroites, parce que les bichons s'essoufflaient de plus en plus facilement, parce que le basset artésien Léon était un redoutable paresseux, on n'allait ni vite ni loin. Mais on allait. Et Médor était toujours là pour fermer la marche et houspiller et mordiller les traînards.

C'était un bel automne. Mais le cœur n'y était pas tout à fait. Je ne chantais plus « Oui nous sommes les joyeux corsaires, les rois redoutés de la mer ». Au mieux, il m'arrivait de siffloter un air de blues déchirant que le peintre Moutier m'avait mis en tête avec ses disques. Ce qui ne faisait que renforcer le côté marche funèbre de la promenade. Plus d'arrêt-trempette : l'eau de la Brenne était déjà froide comme de l'eau d'hiver. Plus de biscottes pour le goûter : des quignons de pain rassis que la boulangère me cédait à des conditions particulièrement intéressantes.

Les chiens passaient sur tout ça.

Se promener avec moi, ça leur plaisait.

Ou alors... Peut-être qu'ils me suivaient sans joie véritable, comme on fait une B.A., convaincus qu'il était indispensable, et pour ma santé, et pour mon moral, que je fasse des trottes quotidiennes et harassantes sur des petits chemins de forêt tortueux à souhait et jonchés de feuilles mortes.

Un soir en rentrant de promenade, j'ai trouvé Jeanne. Elle avait un tailleur tout neuf. Un cadeau de sa mère ? Elle m'attendait devant la grille. En faisant les cent pas.

— Eh bien, tu n'entres pas ?

— Non Julien. Voir le château comme il est maintenant... Non !

— S'il n'y avait que le château. Tu sais combien de chiens sont... ?

— Alors ça... Les chiens, c'est comme les hommes, les chats et les puces. Il en naît un nombre effarant à chaque seconde. Tandis que les châteaux... Tu peux me donner une cigarette ?

— Désolé, Jeanne, je n'en ai pas. J'ai supprimé le tabac.

— Le rasoir aussi.

— Disons que je me laisse pousser la barbe.

— Et tu es d'un sale !

— Sale. Très sale. Et encore plus pauvre que sale.

— Justement. C'est de ça que je suis venue te parler.

— De ma saleté ou de ma pauvreté ?

— Tu te laves, tu ne te laves pas, tu te rases, tu ne te rases pas, c'est ton problème. Mais le château...

— Pour ce qu'il en reste...

— Il en reste suffisamment peu pour que l'assurance nous verse une somme importante. A condition de savoir s'y prendre. J'ai téléphoné à La Bienveillante. A ce que j'ai compris, tu n'as pas été à la hauteur quand ils sont venus faire le constat.

— Pourquoi ? Ils font des histoires ?

— Naturellement, qu'ils font des histoires. C'est leur métier, aux assureurs. Ils sont là pour ça : pour ne pas payer ce qu'ils vous doivent. Mais nous n'allons pas nous laisser faire. L'avocat de papa est sur le coup.

— Tiens... à propos d'avocat. Nous allons avoir un procès. Peut-être même plusieurs.

— Un procès ? Des procès ?

— Oui. Topinambour, tu sais, le petit griffon tout

rigolo avec sa barbichette de chèvre... Il a perdu un œil, le pauvre vieux, et il boite de deux pattes... Alors ses maîtres qui sont très amis avec je ne sais plus quel ténor du barreau m'ont prévenu qu'ils allaient nous réclamer des dommages et intérêts.

— Et tu ne m'en as pas avertie aussitôt !

— Au point où nous sommes, ce n'est pas un procès qui...

— Tu es trop bête, Julien. Vraiment trop bête.

— D'accord, Jeanne. Je suis sale, je suis mal rasé, je suis bête. Ces vérités essentielles étant posées, tu as d'autres choses aussi intéressantes à ajouter ? Si ta réponse à cette question est oui, tu auras la grande, la très grande amabilité de venir finir de me traîner dans la boue à la cuisine. Parce que je viens de faire je ne sais pas combien de kilomètres et que c'est l'heure de mon thé. Du thé sans petits gâteaux, parce que nous sommes — comme on dit — momentanément gênés, mais du thé quand même.

— Je ne remettrai jamais les pieds dans ce château. Ja-mais !

— Alors on s'est tout dit ?

— Nous nous dirons tout le reste demain après-midi chez papa.

— Demain après-midi chez ton père ?

— Oui Julien. Maître Palissandre sera là. A deux heures. Tu as compris ? Deux heures. Ce n'est pas quelqu'un qu'on fait attendre, maître Palissandre.

— Il n'en est pas question, Jeanne. Pas question.

— Deux heures précises, Julien.

Je n'avais même pas remarqué que la grosse voiture de mon beau-père était là. Avec le chauffeur y afférant. Un chauffeur à casquette de chauffeur et gracieux comme un obus de soixante-quinze. Jeanne fit claquer bien fort la portière. Et la voiture démarra.

Je l'avais dit on ne peut plus clairement : pas question que j'aille le lendemain à Paris. Ni le surlendemain. Ni aucun autre jour.

A Paris c'était l'automne. Comme à Noisilles. Mais un automne de ville. Sentant — comme les printemps de ville les étés de ville et les hivers de ville — le pot d'échappement. Et rien d'autre.

Enragé parisien comme je l'avais été avant mon exil tourangeau, ce retour aurait dû me faire fondre le cœur. Eh bien... pas du tout. Je suis entré par la Porte d'Orléans sans la moindre émotion . La traversée de Montparnasse ne m'a fait ni chaud ni froid. La remontée des Champs-Élysées (avec tous ces cinémas où j'avais vu tant de films) m'a laissé de glace. Quant à l'Arc de Triomphe, je n'ai eu conscience, ce jour-là, que de sa monumentale laideur.

Moustachu ne fut, visiblement, pas plus troublé que moi. Je l'avais emmené parce que j'étais persuadé qu'il était, comme moi, un pur produit de la capitale qui aimerait respirer l'air du pays. Et parce que j'avais besoin d'une compagnie chaleureuse.

C'était vraiment la crème des chiens, Moustachu.

Durant tout le voyage, il était resté collé contre moi, littéralement soudé à mon bras droit. Grâce à quoi je sentais battre son cœur et j'avais toutes les peines du monde à passer mes vitesses.

Arrivé à Neuilly, devant l'immeuble (beau comme une banque) du père de Jeanne, je lui ai recommandé d'être bien sage, à Moustachu, et je l'ai bouclé dans la voiture. Je l'aurais volontiers emmené avec moi. Mais il y avait Jeanne. Et les siamois de belle-maman. Cinq matous mauvais comme la gale et bouffis d'orgueil parce que primés dans d'innombrables expositions félines. Ils n'auraient fait qu'une bouchée de mon corniaud, ces arrogants asiates.

Le valet vint m'ouvrir. C'était toujours le même lugubre Espagnol. Il me toisa avec encore plus de mépris que du temps où j'étais de corvée de dîner à Neuilly une fois par semaine. Il était net que, barbu et en jean, il me trouvait plus repoussant qu'avant. Il m'introduisit dans le bureau du maître de maison qui — seule bonne surprise de la journée — n'était pas là. Mais il y avait maître Palissandre, une grosse fille style assistante sociale qui devait être sa secrétaire, et Jeanne. Jeanne qui fit l'étonnée en me voyant avec mon jean, mon blouson, mes brodequins. Le tout toujours de plus en plus sale et usé. Elle sourit, très mondaine, pour me « dédouaner » auprès de l'avocat (sûrement marron, ça se voyait à sa tête) et de sa secrétaire obèse.

— Je vois que tu es venu en gentleman-farmer.

— Je suis venu avec tout ce qui me reste comme vêtements. C'est même pour ça que je suis venu : parce que tout ce que nous possédions a cramé.

Maître Palissandre aurait pu me faire l'aumône d'un sourire, d'un clin d'œil, d'un geste signifiant qu'il compatissait. Non. Mes malheurs ne l'intéressaient pas. Ce qui l'intéressait, c'était l'argent. L'argent qu'il fallait faire cracher aux « mauvais payeurs » de La Bienveillante.

— Car ce sont des mauvais payeurs, cher monsieur

(c'était moi, le cher monsieur), de si mauvais payeurs qu'ils se sont mis dans la tête de ne rien payer du tout.

— Excusez-moi, maître... Mais ma femme a dû vous le dire, je ne suis pas très ouvert question contrats d'assurances, procédures et tout ça... Qu'est-ce que vous entendez exactement par « ils se sont mis dans la tête de ne rien payer du tout » ?

— C'est on ne peut plus clair : ils vont tenter de prouver que vous êtes responsable, vous, des dégâts.

— Vous voulez dire qu'ils vont essayer de prouver que c'est moi qui ai déclenché l'orage ?

Maître Palissandre se fendit d'un sourire. Pas parce que la subtile ironie de ma réplique l'avait amusé. Un sourire qui signifiait que, des imbéciles de ma trempe, il n'en avait pas rencontré souvent au cours de sa carrière pourtant fertile en rencontres désastreuses.

— Évidemment non. Les gens de La Bienveillante ne nient pas que c'est un orage qui est à l'origine de l'incendie. « A l'origine ». C'est l'expression qu'ils emploient. Ils ne disent pas que l'orage est « la cause » de l'incendie. Ils disent qu'il est « à l'origine » de l'incendie. Vous saisissez la nuance ?

— Pas vraiment.

— Juridiquement parlant, cette nuance peut être lourde de conséquences. En gros, vos assureurs prétendent que, mieux protégé, votre château n'aurait certainement pas subi les graves dégâts qu'il a subis.

— Je vais encore avoir l'air d'un crétin des Alpes, mais tant pis... Ils veulent dire quoi en disant ça ?

— Une question m'a été posée, téléphoniquement, hier après-midi, par maître Monge, l'avocat-conseil de La Bienveillante — une question-piège, une question très embarrassante : « Y avait-il ou n'y avait-il pas de paratonnerre » ?

Là, Jeanne se leva, et cria :

— Il y en avait un ! N'est-ce pas Julien ? Qu'il y en avait un ?

— Un paratonnerre ? Il devait y en avoir un. Bien sûr. Il y en a un sur toutes les maisons, sur tous les châteaux, des paratonnerres, forcément.

— Pas forcément, dit avec une infinie tristesse maître Palissandre. Pas forcément. Maître Monge, qui, je tiens à le préciser, m'a l'air d'un homme très capable, a fait état d'un document dont il aurait eu connaissance... Un document émanant d'un service dépendant du Ministère des Beaux-Arts... Un document datant de cinq ans, peut-être moins. Lequel document...

Bref ! Le maître Monge en question avait déniché (ce serpent putride) un papier officiel qui prouvait que le château de la cousine Aurore (que les Beaux-Arts se proposaient de « classer ») n'était pas nanti de paratonnerre et que, si la foudre l'avait ratiboisé, ça ne regardait pas plus l'assurance que le cambriolage d'une maison sans serrure ni porte. Moralité : il fallait prouver au plus vite que nous (nous : Jeanne et moi) avions fait poser un paratonnerre. Le prouver comment ? En produisant la facture de l'entreprise spécialisée qui avait effectué la pose dudit paratonnerre. Une facture ? Nos chers, nos braves, nos irremplaçables Nevedziewjz ignoraient jusqu'au sens du mot facture. La facture était une pratique inconnue des Tchèques. Et, en plus...

— Et en plus ?... me demanda Jeanne avec angoisse.

— En plus, je m'en souviens très bien, maintenant : le paratonnerre, il a été question qu'ils le posent. Mais, les Tchèques, ils ne l'ont jamais posé. Ils ne l'ont jamais posé parce qu'ils avaient juré sur saint Alexis le flagellateur (un saint très aimé chez eux) qu'ils ne remettraient plus les pieds sur notre toit parce que Sidonie avait fait tomber Zoltan et fait pipi sur le papa.

Maître Palissandre avait peine à me suivre. Sa grosse secrétaire aussi. Ils brûlaient d'envie de savoir qui était cette Sidonie qui faisait pipi sur les papas. Mais Jeanne ne me laissa pas le temps de leur fournir le plus petit éclaircissement. Elle me dit que je déraisonnais, que j'étais fou ou amnésique. Qu'elle se souvenait parfaitement du jour où les Tchèques l'avaient posé, le paratonnerre. C'était un mardi. Un mardi matin. Même que...

Partie comme elle l'était, elle aurait pu nous décrire la couleur de la chemise que portait Zoltan ce mardi matin-là, et celle du pantalon de son jeune frère Vinceslas. Mais c'était faux. Archi-faux. Jeanne le savait aussi bien que moi que c'était faux, que jamais les Tchèques...

— Alors je suis une menteuse !

— Je n'ai pas dit que tu es une menteuse, Jeanne, j'ai dit simplement que, le paratonnerre...

Maître Palissandre mangeait son stylo. Sa secrétaire mangeait son index (qu'elle avait énorme). Et tout en mangeant, sans faim, machinalement, qui son stylo plaqué or, qui son vilain doigt, ils me regardaient. Jeanne aussi me regardait. De quel œil, Jésus ! Penser que cet œil noir, ces deux yeux noirs même, appartenaient à ma propre épouse, à une femme unie à moi par les liens sacrés du mariage, à une femme que j'avais aimée passionnément et qui, elle-même...

Ce regard, je ne pouvais pas le supporter. Ceux de l'avocat sûrement marron et de sa vénus hottentote de secrétaire non plus. Alors je n'ai pas terminé ma phrase. J'ai murmuré quelque chose comme : « Bon, ben moi les copains, j'ai assez rigolé » et j'ai quitté l'appartement de mon beau-père tellement rapidement que l'Espagnol lugubre n'a pas eu le temps de venir m'aider à ouvrir la porte palière.

Sitôt cette porte refermée, je me suis senti revivre. Même sans maître Palissandre, cet appartement de Neuilly me déplaisait souverainement. Mais avec maître Palissandre... Sans oublier sa caricature de secrétaire. Et Jeanne. Jeanne devenue une étrangère. Une étrangère hostile. Et menteuse qui plus est ! Non content de me sentir revivre, j'ai éprouvé un besoin pressant. Un besoin de rire. De rire aux éclats. Parce que je venais de me rendre compte que cette absence de paratonnerre qui m'ôtait toute chance de sortir de la misère noire dans laquelle je me trouvais, c'était encore un coup de Sidonie. De cette folle de Sidonie.

La concierge m'a vu passer, barbu, déguenillé et riant comme un bossu et elle n'a pas, j'en donnerais ma tête à couper, fait le rapprochement entre cette vision horrifique et le gendre de monsieur Fougnard, le locataire du premier, qu'elle avait vu si souvent passer avec son élégante petite épouse.

Moustachu dormait. Que d'un œil. Il fut content de me voir revenir. Content de me voir rire. Je lui ai dit pourquoi je riais. Peut-être qu'il a compris. Peut-être pas. Avec les chiens, on ne sait jamais vraiment.

Grâce à Majeunot, j'avais de quoi payer l'essence du retour.

Grâce à Jeanne, et aux avocats de La Bienveillante et d'ailleurs, j'avais de quoi penser.

Alors, en roulant à vive allure parce que j'avais hâte de retrouver mon coin à moi, j'ai pensé.

J'ai pensé que je n'aimais plus Jeanne. Ce qui ne m'a pas trop étonné, vu qu'elle s'acharnait depuis un bon bout de temps à tout faire pour me détacher d'elle et que j'étais de plus en plus intéressé par une certaine postière. J'ai pensé que je n'aimais plus Paris. Et ça, ça m'a quand même surpris. C'était à Paris que j'étais né, que j'avais eu mes premiers amis : Raphaël, Jean-Paul, Hervé Moulinard dont le père était « basse dans des tournées de province » (quel métier mystérieux !), Philippe, Gégé, Bernard qui m'avait fait connaître Hercule Poirot et Arsène Lupin l'année de ma communion ; c'était à Paris que j'avais découvert l'amour sous la forme, ô combien chétive et désirable de Suzette Quiblier, une fille de teinturière qui n'accepta jamais que je l'embrasse sur la bouche ou dans le cou parce qu'elle voulait devenir bonne sœur et qui se fit faire un enfant à quinze ans par un étudiant en pharmacie. Quand ce scandale éclata, je ne l'aimais heureusement plus. J'étais fou d'une Jacqueline, maigrissime elle aussi, que j'abandonnai pour une Odette qui m'abandonna pour un Lucien; c'était à Paris que j'avais appris à flâner, à rêvasser à tout et à rien, assis sur un banc du Luxembourg ou du Jardin des Plantes comme l'avaient fait avant moi des générations et des générations de jeunes gens promis à d'éclatants destins, à lécher les vitrines de librairies, à danser le jitterburg et le slow, à nager (pas très bien) le crawl, à parler de

Prévert (qu'on trouvait génial) et de Mauriac (qu'on trouvait nul) et de Sartre (qu'on estimait énormément sans arriver à le lire) avec de futurs grands hommes de ma trempe dans des cafés de Saint-Germain-des-Prés ; c'était à Paris que j'avais été un bébé superbe, un garçonnet prometteur, un adolescent beau et fûté, un jeune homme comblé et un critique de cinéma écouté. Paris, c'était ma patrie, mon élément. Je ne parlais et ne voulais parler d'autre langue que le parisien. Tout homme — s'appelât-il Einstein, Léonard de Vinci ou Sigmund Freud — qui n'était pas natif de Paris et ne vivait pas à Paris, était pour moi un provincial fatalement débile. Toute mode, idée, philosophie qui n'était pas estampillée « made in Paris » n'avait aucune chance de me séduire. La Grèce et ses temples, Prague et ses cent clochers, le Pérou et ses cités incas, la Chine et sa muraille, Tahiti et ses vahinés, Barcelone et son barrio chino n'étaient que de lointaines et miteuses banlieues de Paris et je donnais très volontiers (sans les avoir vues et sans vouloir jamais les voir) toutes ces prétendues merveilles du monde pour la rue de Rivoli, le carrefour Réaumur-Sébastopol, le musée Grévin, la place de la République, la station de métro Nation et n'importe quel cinéma, bureau de tabac ou snack-bar parisiens.

Et, ce jour-là, le jour de maître Palissandre et de sa fichue histoire de paratonnerre, j'ai vu Paris autrement, je l'ai vue telle qu'elle était, cette ville trop grande, trop grise, trop peuplée, trop...

Trop tout ce que je n'aimais plus.

A Châteaudun, nous avons bu, moi un crème et Moustachu un grand bol d'eau dans un restauroute de film américain fauché où je n'ai pas laissé de pourboire parce que je n'avais pas de quoi. Le serveur m'a dit des choses très déplaisantes. Tant pis.

Après Châteaudun, j'ai cessé de penser à Paris que j'avais tant aimée, et que je n'aimais plus. J'ai pensé à Violette. A Violette chez qui il fallait que j'aille très vite dîner de jambon et de pâtisseries. Et, cette fois, pas de pitié pour le corniaud Tulipe et le Mickey en peluche. Cette fois nous ne nous contenterions pas de quelques baisers. Terminé, le flirt ! Bonjour la passion ! Avec Violette, j'allais vivre une sacrément belle histoire. C'était gagné d'avance. Jeanne, elle, m'avait cueilli alors que je n'étais encore qu'un séduisant jeune homme indécis, comme elle aurait cueilli n'importe quel séduisant jeune homme indécis, pour en faire SON époux. Et le modeler à sa guise. Avec Violette, nous démarrions d'un bien meilleur pied. C'était Violette, la séduisante jeunesse indécise. Et j'étais, moi, le pygmalion qui allait l'aider à devenir une femme exquise et accomplie. MA femme ? Et pourquoi non ? Ils pouvaient au moins servir à ça, les maîtres Palissandre et autres fripouilles ayant fait leur Droit. A aider des gens à divorcer.

C'était décidé : je divorçais et j'épousais Violette.

A cette pensée, je me sentis envahi, submergé par le bonheur. J'étais le plus heureux des hommes.

Et il y eut un bizarre beulong-beulong-beulong. Ça venait du moteur. Il n'y avait pas que ce bizarre beulong-beulong-beulong qui venait du moteur. Il y avait aussi de la fumée. Une fumée verdâtre. J'ai jeté un regard sur le tableau de bord. C'est fait pour ça, les tableaux de bord, pour vous dire si quelque chose cloche, c'est plein de petites lumières de toutes les couleurs qui s'allument ou ne s'allument pas selon que la mécanique de la voiture tourne rond ou pas. Il y avait deux petites lumières que je n'avais jamais remarquées. Une lumière bleue. Et une lumière orange qui clignotait. J'ai rétrogradé, freiné, je me suis garé sous un arbre dont je savais (depuis pas bien longtemps) que c'était un châtaignier. J'ai cherché le petit bouquin avec des schémas et une littérature très indigeste qu'on vous offre quand vous achetez une voiture. Je l'ai trouvé, pas dans la boîte à gants où je savais l'avoir rangé, mais sous mon siège. Il était plein de poils de chiens. La lumière bleue avait pour mission d'avertir le conducteur que la batterie était moribonde. La lumière orange — surtout si elle clignotait — c'était bien plus grave. Au premier clignotement, le conducteur devait s'arrêter, bien couper le contact. Et alerter un dépanneur. Et pas n'importe lequel. Un dépanneur agréé par le constructeur du véhicule. Comment dénicher ce dépanneur-là ? En consultant *l'autre* petit bouquin livré avec la voiture. L'autre petit bouquin, je savais où il était. Un des bichons (Anjou, je crois) l'avait mangé une fois où il m'avait accompagné à Tours.

La voiture est restée sous le châtaignier et nous avons fait du stop.

Ce qui revient à dire que nous avons perdu une heure et demie à héler des camions, des autos qui nous sont passés devant le nez sans même ralentir.

C'est à pied que nous avons rejoint le château. Dix-neuf kilomètres ! Sur la fin, j'ai eu pitié et j'ai pris Moustachu dans mes bras. Il pesait, ce vaurien. Mais pour se faire pardonner d'être aussi lourd, tous les deux cents mètres environ, il me léchait le menton avec sa langue bien râpeuse.

La route était longue. Et dure. Mais j'avais ce chien, cet excellent chien. Et j'allais épouser Violette, être son pygmalion, vivre avec elle quelque chose de vraiment exceptionnel.

J'étais le plus heureux des hommes.

Il faisait nuit noire. Simone m'attendait à l'entrée du domaine, à l'endroit où Médor montait la garde. Elle portait toujours la robe que lui avait donnée Violette, une robe d'été pas épaisse et elle avait froid. Elle semblait paniquée aussi.

— Vous voilà enfin, monsieur Julien ! Le mauvais sang que j'ai pu me faire. Je vous ai cru mort ou, pour le moins, accidenté. Et le docteur Majeunot qui n'est pas là. Il est parti tantôt avec l'autre fou de peintre. Dans la caravane. Je leur ai demandé où ils allaient. « A Saint-Pierre-et-Miquelon », qu'ils m'ont répondu, ces ivrognes. Parce qu'ils étaient saouls comme jamais je les avais vus. Ils avaient passé la matinée dans la caravane à vider des bouteilles que le docteur avait ramenées de Maupoincy et puis « On s'en va à Saint-Pierre-et-Miquelon », qu'ils m'ont dit. « Ni l'un ni l'autre on n'a jamais vu Saint-Pierre-et-Miquelon, alors on y va ». Et le docteur a ramassé toutes ses affaires, il les a enfournées dans la caravane et je me suis retrouvée sans personne pour m'aider à venir à bout de tout ce qu'il y a à faire et pour calmer notre marmaille de chiens qui n'en finit pas de faire des bêtises. Et en plus il y a toute la tribu des Tchèques qui est là à vous attendre depuis des heures et je ne sais pas ce qu'ils vous veulent mais ils ont de sales têtes.

De sales têtes, nos bons, nos inestimables Tchèques ?

Ils étaient tous les quatre dans la cuisine. Le père et ses trois fils. Le père avait mis une cravate. Il était assis. Ses fils étaient debout autour de lui. Ils ne parlaient pas, ne fumaient pas. Ils attendaient. Ils m'attendaient. Papa Nevedziewjz a attaqué dès qu'il m'a vu :

— Monsieur Chulien, je suis fenu avec mes carçons barce que c'est un zcandale.

— Un scandale ? Qu'est-ce qui est un scandale ?

Zoltan a, excellente initiative, pris le relais de son énigmatique papa.

— Papa est furax, monsieur Julien. Il est en rogne et il y a de quoi. Vous savez comment il s'est sauvé de là-bas, de son pays où il était né et où tous ses ancêtres sont enterrés, comment il a passé la frontière clandestinement, comment il a traversé, en se cachant, l'Allemagne d'est en ouest et comment, avec courage, il a...

L'héroïque épopée du papa, je la connaissais par cœur. On ne m'avait fait grâce d'aucune étape de la course folle et terriblement périlleuse qui avait conduit ce citoyen de Brno (Moravie) à Noisilles (Indre-et-Loire). Et j'avais mal aux jambes, envie de me laver les mains, de boire un verre de n'importe quoi, de manger. Et j'avais déjà eu droit, ce jour-là, à une causerie de maître Palissandre. Alors je l'ai un peu brusqué, le Zoltan.

— Je sais combien votre père a été courageux, Zoltan. Je sais tout ce qu'il a enduré et tout ce qu'il lui a fallu faire pour s'installer en France et vous élever à la force du poignet, faire de vous des garçons épatants... Si, si, si, épatants. Mais ce que je ne sais pas, c'est pourquoi il « est en rogne ». Et en quoi ça me regarde qu'il le soit.

Le papa héroiïque s'est levé.

— Je suis en rogne barce que on feut me vaire vaire des malhonnêteries et après ça va me retomber sur la tête et la police il va me renvoyer dans la Tchécoslovaquie et là-bas le goulag, monsieur Chulien. Bire que le goulag. Pien bire.

On voulait lui faire faire des malhonnêteries qui allaient lui valoir bien pire que le goulag ? Qui voulait lui faire faire des malhonnêteries ?

— Madame Jeanne, monsieur Julien, a dit Vinceslas, le second fils tchèque. Elle est venue nous voir à l'heure de la soupe. Elle était avec un homme de loi et...

Compris ! Jeanne et le sinistre Palissandre m'avaient battu à la course. Facile, avec la grosse voiture de beau-papa et son chauffeur. Ils avaient dû rouler à deux cents. Et il n'étaient pas restés en carafe à l'ombre d'un châtaignier, eux.

— Et ils vous ont proposé quoi ?

— Bas brobosé ! Ils ont fait les menaces !

Il était tout rouge, le papa. Et il avait ses raisons. Borborine, le troisième fils tchèque, m'a bien expliqué tout.

— L'homme de loi nous a dit qu'il savait que nous travaillons « au noir ». Sans devis. Sans factures. Sans TVA. Qu'il savait que nous n'étions inscrits ni à la Sécurité sociale ni à aucune caisse de retraite, et que nous ne payons pas d'impôts. Et que c'était très grave et qu'il pouvait nous faire de gros gros ennuis. A moins que...

— A moins que ?

— Il voulait une facture.

— La facture du paratonnerre que vous n'avez pas posé ?

— Chamais ! Chamais je fais le vacture ! Chamais ! a hurlé le chef de tribu.

— Et vous avez parfaitement raison, monsieur Nedziewjz. Parfaitement raison.

— Il tit que j'ai raison ! Monsieur Chulien il tit que j'ai raison !

Ça lui faisait plaisir que je dise ça. Il a esquissé un petit pas de danse, le papa tchèque. Il m'a embrassé, le papa tchèque. Sur les deux joues. Il était tellement soulagé qu'il a accepté de boire un verre de « vin de santé ». Car il en restait toujours de cet ignoble breuvage. Ses fils en ont bu aussi. Moi pas. Et Simone a fait une grande (enfin : une moyenne) omelette pour tout le monde.

Et les Tchèques sont repartis dans la nuit, heureux de n'avoir pas à établir une facture qui aurait été leur première facture et qui — comble de malhonnêterie ! — aurait été établie pour le seul, l'unique travail qu'ils n'avaient pas exécuté. J'étais heureux de les voir heureux. Heureux mais inquiet. Car je savais que Jeanne et son Palissandre étaient prêts à tout pour, comme disait si élégamment le grand avocat, « faire cracher La Bienveillante ».

C'était décidément l'empereur des salauds, ce Palissandre. En y repensant, je repoussai l'idée de m'adresser à lui pour divorcer d'avec Jeanne. J'allais m'en trouver un, d'avocat. Qui ne serait ni à la solde de Jeanne, ni à celle de La Bienveillante. Un avocat à moi. Qui me protégerait de tous et de tout.

Ça m'a réconforté de penser que j'allais trouver un

homme de loi honnête (il devait bien en exister un, non ?) qui m'aiderait à me débarrasser de Jeanne, des pirates des assurances, de Palissandre et de ses méthodes plus que déplaisantes, des maîtres du griffon éclopé qui avaient décidé de me chercher des crosses et d'autres malveillants encore dont j'ignorais l'existence mais qui étaient sûrement en train d'ourdir, dans l'ombre, des complots contre moi.

J'allais m'endormir, bien décidé à ne rêver qu'à cet avocat de rêve et à Violette, quand Simone a agité la toile de bâche qui tenait lieu de porte à ce qui me tenait lieu de chambre.

Il devait être deux heures du matin.

Qu'est-ce qu'on me voulait encore ?

— C'est Léon monsieur Julien.

— Qu'est-ce qu'il a fait ?

— Il a sa truffe brûlante.

Je me suis levé. Tout nu. Simone m'avait déjà vu tout nu. Elle m'a tendu mon jean sans faire de chichis.

— Hier déjà, il avait pas vidé son écuelle. Aujourd'hui, il a rien mangé du tout. Il est tout mou, tout chafouin, il a une toux pas normale.

Moi aussi, j'étais tout chafouin, tout mou. En un mot : crevé. Mais je n'avais pas la truffe brûlante et je n'étais pas un basset artésien.

Léon était allongé dans la cuisine. Pas allongé comme un chien. Allongé comme un homme. Le ventre en l'air et le museau pointé vers le plafond. Et les oreilles posées sur le sol, de chaque côté de sa tête, comme deux feuilles de salade garnissant une tête de veau dans un restaurant. Et il avait une vilaine respiration.

Je lui ai parlé, doucement mais sans bêtifier (ainsi

que le font ceux qui croient que les chiens, même adultes, sont aussi ignares que des petits hommes). Je lui ai demandé s'il souffrait. Il n'a pas bougé la tête. Mais ses yeux m'ont répondu oui. Il s'est laissé prendre la température. 39°7. C'était beaucoup. Et Majeunot qui était parti pour Saint-Pierre-et-Miquelon avec le peintre inconnu ! C'était malin. Il ne me restait qu'une chose à faire : découvrir de quel mal Léon souffrait et l'en guérir. J'ai oublié que je tombais de sommeil, oublié mes kilomètres en voiture et mes kilomètres à pied, oublié les tonnes d'ennuis que j'avais ou qui me guettaient, et j'ai joué les vétérinaires. Sans le secours de bouquins à Majeunot qui, hélas, avaient brûlé. Mais j'avais tant vu Majeunot procéder, j'avais fréquenté tant de chiens que je devais pouvoir m'en sortir.

J'ai palpé, j'ai collé mon oreille sur le poitrail de Léon, je lui ai examiné la langue, pris le pouls et j'ai diagnostiqué une bronchite carabinée. J'ai demandé à Simone de confectionner des litres de la tisane que Majeunot prescrivait en pareil cas. J'ai installé Léon sur mon lit de camp. Avec toutes les couvertures du château pour qu'il transpire le plus possible. Léon s'est laissé coucher, il a avalé autant de tisane que je voulais. Il a transpiré. Il a toussé. Une vilaine petite toux très grasse. Et il a fallu que je le mouche et que je lui mette des gouttes dans les narines.

Et Sidonie, les trois bichons, Moustachu, Médor, les pékinois sont arrivés, sans faire trop de barouf, et ils ont formé le cercle autour de ce cher Léon et ils l'ont regardé comme on regarde un grand-père qu'on a fourré dans son lit avec une bouillotte et trois oreillers au lieu d'un pour qu'il y pousse bien à l'aise son dernier soupir.

Qu'est-ce qu'il leur prenait ? Sentaient-ils planer l'ange de la mort ? Ils m'ont fichu la frousse, ces idiots. Mais il fallait que Léon guérisse et Léon guérirait. Il y allait de mon honneur de vétérinaire d'occasion.

Je l'ai veillé toute la nuit, le basset artésien toussotant, crachotant et respirant avec peine.

Le lendemain, il avait déjà moins de fièvre et sa toux lui défonçait moins la poitrine.

Moi, j'étais fourbu, vanné, défait.

Ce jour-là, il n'y a pas eu de promenade. Ce jour-là, je suis descendu à Noisilles. Pour parler de ma voiture qui attendait sous son châtaignier, au garagiste. Et pour aller annoncer à Violette que je l'épousais.

Le garagiste se déclara incompétent. Mais il me promit de se renseigner et de me faire signe dès qu'il aurait trouvé où se cachait le plus proche « dépanneur agréé ».

Quant à Violette, elle était occupée à expliquer à un vieil homme quelles sommes astronomiques il accumulerait en reversant la pension qu'il venait toucher chaque trimestre sur un livret de caisse d'épargne. C'était compliqué. Le vieil homme n'arrivait pas à trouver grisant le fait que le bras qu'il avait laissé dans une tranchée, à Verdun l'année de ses vingt ans, lui rapporterait de quoi s'offrir une motocyclette (ou quelque autre machin aussi inutile et dans ces prix-là) s'il était assez tenace pour vivre jusqu'à cent vingt ans.

Laissant ce vieil homme face aux chiffres qu'elle avait alignés pour lui et à sa déconvenue, Violette sortit de derrière son comptoir.

— Vous en avez une tête, Julien.

Oui. J'avais une tête. J'avais la tête d'un homme accablé de soucis, d'un homme qui, après une journée épuisante, s'était offert une nuit harassante. Elle ne me parla pas de ma tête pour me faire de la peine, Violette. Absolument pas. Si elle avait remarqué que la tête que j'avais ce jour-là n'était pas ma tête habituelle, c'est que : *a*) ma tête habituelle lui était familière et agréable à contempler et que, *b*) elle était ennuyée de voir que, ce jour-là, au lieu de ma tête habituelle — sérieuse, souriante et agréable à contempler — je promenais une tête chiffonnée, pas nette, paraissant plus vieille que son âge et pas agréable à contempler.

Pas la tête idéale pour une demande en mariage.

Alors, au lieu de demander à Violette de m'épouser, je lui ai demandé si elle avait un atlas.

— Bien sûr que j'en ai un. Avec les tarifs postaux de tous les pays. C'est pour expédier une missive ou téléphoner ?

— C'est juste pour voir où se trouve Saint-Pierre-et-Miquelon.

— Ça, je l'ai su.

— Moi aussi je l'ai su.

— Attendez... Voilà... Saint-Pierre-et-Miquelon, c'est là. A côté de Terre-Neuve.

— Autant dire en Amérique.

— C'en est pas loin mais c'est français. Question tarifs, ça doit...

— Vous êtes gentille, Violette. Mais s'il doit y avoir échange de courrier entre Saint-Pierre-et-Miquelon et Noisilles, c'est Saint-Pierre-et-Miquelon qui ouvrira le feu. Figurez-vous que Majeunot est parti là-bas. Avec ce fou de peintre qui campait sur ma pelouse.

— En voilà une idée. Moi, je voyagerais, c'est vers le soleil que j'irais. Dans les pays chauds.

— Moi je ne voyagerai jamais plus, chère Violette.

Je resterai en Touraine. Sous ce ciel qu'ont si joliment chanté tant de poètes. Je resterai ici. Pour y couler des jours heureux en compagnie de...

Le vieil homme a jugé bon de couper les ailes à mon envolée lyrique. Il voulait savoir ce que ça lui rapporterait si, au lieu de mettre la totalité de sa pension sur un livret, il n'en mettait que la moitié. Violette est retournée derrière son comptoir. Elle a décapuchonné son stylo.

J'ai quitté le bureau de poste, pas très fier de moi.

En regagnant le château, j'ai entendu des coups de fusil. La chasse était ouverte.

C'est parce que la chasse était ouverte que l'on a enfin entendu parler d'un de mes derniers pensionnaires « portés disparus » : le cocker Ubu. Personne ne l'avait revu. Jamais. Et voilà qu'il réapparut sous la forme d'un chien fantôme.

— Une saloperie de chien, car c'est à coup sûr une saloperie et à coup sûr un chien, me dit le chasseur qui m'en parla le premier. Une saloperie de chien qui n'est nulle part et qui se débrouille pour être partout où vous venez de tirer du gibier. Trois pièces, que j'ai abattues ce matin. Un lièvre et deux perdrix. Et quand je dis que je les ai abattues, c'est que je les ai abattues. Vous me croirez si vous voulez, monsieur Julien, mais ces bêtes que j'ai vues tomber, mortes, le temps que j'aille les ramasser dans les herbes, elles avaient disparu. Les deux perdrix comme le lièvre. Ça pouvait pas être mon chien à moi vu que je chasse sans chien. Ni le chien à aucun de ceux qui chassent aux mêmes ndroits que moi. Parce que, leurs chiens à ceux-là, ils me connaissent et ils connaissent le règlement. Vous faucher votre gibier sous le nez, ils feraient pas ça. Non. Aucun chien un peu correct et un peu dressé ferait ça. Faut que ça soit un chien sauvage. Sauvage ou redevenu sauvage, si vous voyez ce que je veux dire.

Je voyais très bien. Pas besoin d'un portrait-robot pour me faire penser au cocker. Au cocker ou au quatrième des caniches adoptifs de Moustachu. Mais il était encore bien jeune pour jouer à ce petit jeu-là, le caniche. C'était donc Ubu.

Ubu qui, quatre jours seulement après l'ouverture, avait déjà subtilisé aux vaillants chasseurs de Noisilles et des alentours : quarante-huit lièvres, vingt-deux perdrix, onze cailles, soixante grives, sept faisans communs, un faisan vénéré et un chat pris pour un lièvre par un chasseur éméché.

Qu'est-ce que ce cocker pouvait faire de tout ce gibier ? Mystère. Et où se cachait-il ? Autre mystère.

Au soir de ce quatrième jour de chasse, le maire de Noisilles, qui se nommait Berjonc, et qui était charcutier et chasseur émérite, vint me trouver. Il avait presque mis son écharpe pour donner à sa visite un caractère officiel. Visite au cours de laquelle il me fit savoir d'une voix ferme que « tout portant à croire que la bête qui portait préjudice à ses administrés étant une bête m'appartenant en propre ou étant, ce qui légalement revenait au même, placée sous ma pleine et entière responsabilité, il allait devoir, en tant que maire et citoyen de Noisilles et en tant que chasseur lui-même, porter plainte pour entrave, détournement de gibier et autres ».

Le « et autres » me laissa rêveur. Le très solennel

monsieur Berjonc devait penser que cet « et autres » rendait plus menaçant encore son speech déjà bien menaçant.

J'aurais pu, j'aurais dû plaider non coupable et tenter d'amadouer ce tueur de lapins bedonnant, pontifiant et sûrement pas intrinsèquement méchant. Mais Léon avait une nouvelle et inquiétante poussée de fièvre et j'étais sur les nerfs et... Et je lui ai dit (ce que je pensais sincèrement et que je pense toujours) que la chasse est un divertissement sot et cruel et que si c'était vraiment un chien de ma troupe qui privait les chasseurs des fruits de leur « intolérable et honteux carnage », je m'en réjouissais.

Ce à quoi monsieur le maire me rétorqua que j'allais recevoir, et plus tôt que je ne m'y attendais, du papier bleu.

Autant dire que je me retrouvai avec une raison de plus de me dénicher un bon avocat. Pour le trouver, cet avocat, j'ai emprunté son vélomoteur à Simone et je suis allé à Tours. Et je l'ai trouvé, l'avocat intègre qui n'était ni à la solde de La Bienveillante, ni à la solde de l'infâme Palissandre, ni à la solde de qui que ce soit d'autre. Même que c'était son drame, à ce jeune avocat avec qui je liai connaissance par l'intermédiaire du barman d'une brasserie proche du Palais de Justice. Il était si peu à la solde de qui que ce soit, quand j'ai eu la chance de le rencontrer, maître Bernin, qu'il songeait à se recycler dans la brocante ou la représentation.

— Un an d'exercice, m'expliqua-t-il, et seulement quatre affaires. Deux divorces dont un n'a même pas été prononcé parce que les deux parties se sont réconciliées la veille de la comparution, un dérisoire accident de bicyclette pour lequel j'ai obtenu soixante-dix francs de dommages et intérêts après une plaidoirie de deux heures, et un vol, pas même avec effraction, pour lequel le volé a retiré sa plainte parce qu'il était — mais je ne l'ai su qu'après tout le monde — l'amant de la voleuse. Alors, n'est-ce pas, je capitule. Je capitule avec douleur parce que je me crois fait pour le métier d'avocat et que je n'aime rien tant que la Justice. Mais je capitule.

— Et s'il vous tombait du ciel, d'un seul coup d'un seul, non pas une mais six ou sept causes. Et résolument désespérées ?

— Évidemment, ça serait tentant.

Je l'ai mis au courant de tous mes problèmes, maître Bernin, en mangeant des croque-monsieurs et en buvant des bières qu'il a payées. (Il ne gagnait rien mais il était le fils d'une mère affectueuse, aisée et pas regardante.)

Il m'avait tout de suite plu avec son visage ouvert, ses lunettes cerclées de fer d'intellectuel (de gauche mais bien élevé) et ce léger zézaiement qui devait conférer à ses plaidoiries un charme fou.

Quand il a su tout ce qui me pendait au nez, je lui ai plu moi aussi terriblement.

— Pour un beau dossier, c'est un beau dossier.

— Alors ?

— Alors je suis votre homme.

— Je vous l'ai dit, maître, je n'ai, pour l'heure, pas un franc en poche. Et pas plus à la banque.

— La question n'est pas là.

La question était si peu là qu'il m'a payé un autre croque-monsieur et un café filtre.

Le lendemain, très tôt, il débarquait au château.

Avec un dossier en carton vide et suffisamment de feuilles vierges pour le remplir.

Il m'a demandé une foule de choses tout en me regardant laver les chiens au savon de Marseille et à la brosse dure. Il a joué à la balle avec Sidonie. Il a couru avec Moustachu. Il a fait des niches aux bichons. Il a trouvé excellente l'omelette confectionnée par Simone.

De l'omelette, oui, toujours de l'omelette parce que — preuve qu'il y a Quelqu'Un là-haut qui pourvoit à nos besoins — nos poules s'étaient enfin mises à pondre avec ardeur.

Il a même tenu à participer à la promenade, maître Bernin. Il a avalé vaillamment ses sept kilomètres avec la petite troupe et moi. Pour l'occasion, j'ai réentonné (ce qui ne m'était pas arrivé depuis des éternités) : « Oui nous sommes les joyeux corsaires. » Et les chiens ont réentonné leurs discordants mais attendrissants ouahs-ouahs.

Après la promenade, maître Bernin est venu me voir prendre la température à Léon : 38°5. Impeccable ! Et il m'a aidé à lui faire une inhalation. Exercice que les chiens abominent et qui demande de l'habileté, de la délicatesse, de la fermeté et assez d'amour pour supporter sans flancher les éventuels réflexes défensifs de l'animal inhalé. Maître Bernin fut épatant. Il participa avec efficacité et en souriant à toutes les phases de cette périlleuse opération à la suite de laquelle nous décidâmes d'un commun accord que le voussoiement n'était plus de mise entre nous. Je l'invitai à m'appeler désormais Julien. Il m'invita à l'appeler désormais Charles.

Quand Charles est reparti — après cette vivifiante « partie de campagne » — il était convaincu que tous nos procès « étaient perdus d'avance mais qu'il les gagnerait ».

Cher Charles.

Léon à peine tiré de sa bronchite, Moustachu eut l'idée vraiment pas géniale de croquer le thermomètre que j'avais laissé traîner et de s'empoisonner au mercure. Sitôt le thermomètre mangé, il s'écroula. Raide. Je le crus perdu et j'allais, le visage ruisselant de larmes, prier mon plus proche voisin de venir l'achever avec son fusil pour lui épargner une horrible agonie, quand Simone se souvint d'un cas similaire évoqué, un soir de cuite, par Majeunot. Il prétendait avoir sauvé de la mort un chien ayant avalé une pleine bonbonne de ce poison en lui faisant avaler une soupière de blancs d'œufs, de sucre vanillé, de rhum, de lait et de soufre. Du soufre, j'en ai trouvé chez un vigneron. Et nous avons pensé que Majeunot ne mettait du rhum dans sa potion magique que pour la beauté de la chose. Moustachu se laissa enfourner plusieurs casseroles de ce répugnant potage dans la gueule. Sans broncher. Pour moi, il était déjà dans le coma. Erreur ! Il finit par se dresser sur ses pattes arrières, par vomir sur Simone et sur moi des quantités incroyables d'un liquide jaunâtre et d'une puanteur extrême. Et, après un bon somme, il repartit d'un bon pied.

Mais qu'est-ce que j'avais eu peur.

J'eus salement peur aussi quand Sidonie eut sa crise d'épilepsie. Horrible ! Ce fut horrible ! Sans prévenir, elle s'affala, claqua des dents, dansa une sorte de gigue désordonnée sur le sable d'une allée et fit pipi sous elle.

Pas de doute : elle était épileptique. Comme Dostoïevski. Et, je le savais pour l'avoir lu dans un des bouquins de Majeunot, il n'existe aucun remède pour cette terrible et impressionnante maladie.

La crise pouvait durer quelques minutes ou plusieurs jours.

C'était insoutenable. Nous ne pouvions que regarder souffrir la pauvre bête. Nous, c'est-à-dire Simone qui gémissait de toutes ses forces, tous les autres chiens, qui s'attendaient à bien des extravagances de la part de Sidonie mais quand même pas à des débordements aussi traumatisants, et moi, moi dont les nerfs étaient si éprouvés que j'étais sur le point de m'affaler comme Sidonie et de claquer des dents et d'entamer une gigue encore plus démente que la sienne.

Brusquement, la crise de Sidonie a pris fin. Elle a pris fin quand cette peste de chienne a réussi à restituer, dans un spasme particulièrement spectaculaire le taille-crayons qu'elle était allée dénicher je ne sais où pour l'avaler et qui l'étouffait.

Une fois Sidonie calmée avec du lait chaud à la fleur d'oranger et tout en dégustant, en tête à tête avec moi, les œufs au plat du soir, Simone m'a posé une question.

— A la longue, Monsieur Julien, vous commencez pas à en avoir votre suffisance des chiens ?

Question pas si déplacée ni saugrenue que ça au point où nous en étions. J'allais y répondre quand Violette fit irruption dans notre cuisine. Elle était essoufflée, décoiffée. Elle était venue en courant depuis Noisilles pour me prévenir qu'il allait se passer quelque chose de grave.

— Les chasseurs... Ceux de Noisilles, ceux de Maupoincy... Une bonne quarantaine, avec des lanternes, des lanternes et, bien sûr, leurs fusils... Ils sont tous ensemble... Ils ont trouvé la cachette de votre cocker qui leur vole leur gibier... Ils vont l'abattre... Il est fichu.

Fichu Ubu ? On allait voir ça.

— Ils sont où vos tueurs de chiens ?

— Dans le bois de Fourrailles, à ce que j'ai compris... Mais vous n'arriverez à rien... Ils ont bu... Ils se sont monté la tête les uns aux autres...

— N'y allez pas Monsieur Julien, m'a supplié Simone. Tout ce que ça peut vous rapporter, de vous mêler de ça, c'est de récolter un mauvais coup.

Merci du renseignement. J'avais assez vu de films avec Bronson, Clint Eastwood et James Coburn pour savoir au devant de quoi j'allais.

Mais j'y allai.

Ils n'étaient pas quarante mais une quinzaine. L'air résolu et armés jusqu'aux dents. Ils se dirigeaient vers les carrières abandonnées à la limite extrême du bois de Fourrailles. J'avais un avantage sur eux : je les voyais, avec leurs lanternes, leurs lampes-tempête. Eux ne me voyaient pas. J'ai couru jusqu'à l'entrée des carrières. Quand ils sont arrivés et qu'ils m'ont découvert, debout, bien planté sur mes jambes (et tremblant comme une feuille mais m'efforçant de ne pas le laisser voir), ça ne leur a pas fait plaisir.

— C'est-y pas que l'autre farceur voudrait nous empêcher de nous occuper comme il le mérite de sa vermine de chien ? a lancé une voix que je reconnus pour être celle du boucher.

— A mon avis, s'il veut pas recevoir une décharge

dans les abattis, il aurait intérêt à pas rester planté là, le châtelain.

C'était la voix de Félix, le cantonnier. Puis vint celle du maire.

— Ils ont raison, monsieur Julien. En vous mettant entre cette sale bête et nous, vous prenez des risques inutiles.

— Vous défendez vos administrés, monsieur le maire. Normal. C'est votre devoir. Mais moi, mon devoir, c'est de défendre un innocent animal qui m'a été confié.

— Innocent ! Innocent ! beuglèrent avec ensemble quinze voix furieuses.

« Innocent » n'était pas le terme le mieux approprié, je le reconnais. Je sentis la fièvre monter côté chasseurs. Et la trouille monter de mon côté à moi. Je n'allais tout de même pas me laisser tirer dessus comme un méchant de western de série B pour l'amour d'un crétin de chien qui s'était mis à dos tous les possesseurs de fusils d'un département ? On peut être bon pour les animaux mais tenir quand même un peu à la vie. Si encore j'avais été un héros. Mais je ne suis qu'un homme comme les autres. Pas le genre de type dont des Walter Scott, des Alexandre Dumas, ont fait leurs choux gras. Je le savais, il suffisait qu'un de ces butors tire un coup de fusil en l'air pour que je m'évanouisse, terrassé par la peur. Dieu merci, le héros du drame fit son entrée. Ubu ! Ubu qui sortit de la carrière un lièvre mort dans sa gueule, et qui — je n'invente rien, je jure que je n'invente rien ! — alla déposer le lièvre aux pieds du maire. Ceci fait, rapide comme l'éclair, il regagna sa carrière et il en ressortit avec une perdrix dans sa gueule, et il alla poser la perdrix aux pieds de

Félix le cantonnier. Croyez-moi ou ne me croyez pas : il restitua presque tous les lapins, perdrix, cailles et faisans qu'il avait volés aux chasseurs depuis l'ouverture. Le chat inclus. Que nul chasseur ne daigna ramasser, forcément. Et les quinze justiciers assoiffés de sang de chien n'en revenaient pas. Ils étaient littéralement émerveillés par cet inimaginable fait divers qu'ils raconteraient dorénavant avec délectation à leurs enfants, petits-enfants et arrière-petits-enfants chaque fois que le mot de chasse ou le mot chien tomberait dans la conversation.

Plus question d'abattre Ubu.

Il se trouva même un vigneron (Paul Pelut de Vouvray) pour remarquer qu'il « fallait être intelligent comme ce chien-là pour savoir qu'il y a pas mieux qu'une carrière pour mettre le gibier à faisander ».

Et Ubu vint frotter son museau contre mon jean. Et je lui grattouillais le crâne. Et le maire, après m'avoir assuré que je ne recevrais point le papier bleu promis, insista pour que j'accepte un des lièvres qu'il venait de récupérer.

Et j'acceptai le lièvre. Avec reconnaissance car je commençais à prendre les œufs en grippe.

Pour tromper leur inquiétude, Simone et Violette avaient réglé son compte à la dernière bouteille de « vin de santé ».

Quel soulagement quand elles me virent revenir avec tous mes abattis, plus le cocker Ubu, plus un lièvre d'au moins six livres.

La première chose que je fis, avant même de m'asseoir, ce fut de répondre à la question que Simone me posait au moment de l'arrivée de Violette.

— Eh bien, Simone, à la réflexion, non, je n'en ai pas encore ma suffisance, des chiens.

Ceci dit, je ne me suis pas assis. Parce qu'il était tard et que Violette devait rentrer chez elle et que je lui ai offert de la raccompagner.

Simone nous a regardés partir d'un œil pas bienveillant du tout.

Il y avait des étoiles plein le ciel et aucun glorieux survivant de 14-18 pour me couper mes effets. Rien que nous deux, et le désir, de plus en plus tenaillant, que j'avais de faire de cette postière blonde, jeune et menue, mon épouse.

Alors je l'ai enlacée. Exactement ce qu'elle attendait. La preuve : elle s'est serrée contre moi et s'est mise à roucouler... ou ronronner... Enfin... à faire avec sa bouche un petit bruit excessivement doux à entendre. Un bruit qui disait clairement que Violette était prête à entendre *ma* question et à y répondre oui.

Bizarre, très bizarre la sensation que j'ai éprouvée à cet instant précis. J'ai senti que ma gorge se nouait, j'ai senti mes jambes mollir comme quand, une heure avant, debout à l'entrée de la carrière, j'avais vu quinze ploucs nantis d'armes à feu marcher droit sur moi. C'était même un peu pire. C'était exactement comme quand, l'année de mes seize ans, un dimanche matin en sortant de la messe, je n'avais pas osé dire à une jolie fille qui s'appelait Nanette Lormand que j'avais en poche deux billets pour la Comédie-Française dont un acheté spécialement à son intention. Dix fois, vingt fois, au cours de ma carrière amoureuse (au demeurant tout à fait modeste), j'avais flanché au moment de sauter le pas. C'était Jeanne qui m'avait demandé ma main et la fameuse demoiselle rousse de la Radio avec qui j'avais eu une aventure avait, elle aussi, tout manigancé. Ça arrive d'être plutôt bel homme, plutôt malin, brillant causeur et tout et de manquer de hardiesse avec les femmes.

Ne pouvant — ce qu'elle attendait, c'était évident — demander tout de go à Violette si elle voulait m'épouser, je lui ai dit (avec des mots tout simples car j'ai toujours détesté tout ce qui ressemble à de la poésie, surtout quand il est question d'amour) que depuis un fameux bout de temps, mes meilleurs moments étaient ceux que je passais en sa compagnie. Elle m'a dit qu'elle le savait. Je lui ai demandé si, elle aussi, trouvait ces moments agréables. Elle m'a dit que oui. Parce que j'étais beau. Très beau. Surtout des yeux. Que des yeux bleus un peu verts comme les miens, c'était rare. Et attirant. Elle m'a dit qu'elle adorait être avec moi, parler avec moi, m'embrasser.

Je l'ai embrassée.

Embrasser, ça, je pouvais.

Je l'ai embrassée. De toutes mes forces. Avec passion.

Puis nous nous sommes arrêtés pour reprendre souffle et elle a ouvert bien grandes ses oreilles.

Et comme je ne disais rien, comme je ne me décidais pas à lui poser cette question que, c'était mathématique, je devais lui poser, elle m'a reparlé de mes yeux, de leur couleur et de ce que je disais qui était toujours si intéressant. Elle m'a dit que j'étais exactement le genre d'homme avec qui elle aimerait passer des heures et des heures à ne rien faire d'autre qu'échanger des baisers et des propos élevés sur des sujets qu'elle n'avait jamais l'occasion d'aborder dans son bureau de poste.

— A propos de bureau de poste, a-t-elle curieusement enchaîné, il va y avoir de grands changements.

Qu'est-ce qu'il lui prenait de se mettre à parler P et T ? Allait-elle me révéler que Noisilles s'était vu attribuer un nouvel indicatif téléphonique, que le timbre à un franc augmentait de dix centimes, qu'on allait munir son guichet en vieux bois bien encaustiqué d'un de ces hideux machins en plastique appelés hygiaphones ? Si elle croyait que c'était en faisant dériver la conversation de cette manière qu'elle allait m'aider à vaincre ma fichue timidité ! Elle ne la faisait pas dériver, la conversation. Loin de là.

— J'ai reçu l'annonce officielle de ma titularisation, Julien.

Je n'avais pas la moindre idée de ce que ça pouvait être une titularisation. Mais je l'ai complimentée. A tout hasard.

— C'est chic, ça. Vous devez être ravie.

— Ravie, oui ! Mais...

Il y avait un mais.

— ... Mais qui dit promotion dit fatalement mutation.

— Mutation ?

— Le bureau de Noisilles est un trop petit bureau pour une postière titularisée. Ils vont mettre une auxiliaire à ma place.

— Mais vous allez aller où alors ?

— Si je suis superchanceuse, à Paris, Lyon ou Bordeaux. Si je suis chanceuse tout court, dans une petite ville. Et si je n'ai pas de chance, dans un gros bourg.

— Loin d'ici ?

— Ça peut être dans le Sud ou le Sud-Ouest, comme ça peut être dans l'Est ou dans le Nord. Mme Fournier, qui était à Noisilles avant moi, elle s'est retrouvée à Villerupt. C'est dans la Meurthe-et-Moselle. Il paraît qu'il y fait gris douze mois et demi par an.

Violette était bien chagrine à la pensée que quelque bureau de poste l'attendait dans un département peut-être encore plus grisailleux que la Meurthe-et-Moselle. Je n'avais qu'un mot à dire, qu'une question à poser. Et triste crétin que j'étais, je n'ai pas dit ce mot, pas prononcé cette phrase. Ça ne venait pas, ça ne voulait pas sortir. J'ai bafouillé une ânerie du genre « si ça se trouve ils vous expédieront à Amboise ».

— Si ça se trouve, oui, a dit Violette avec mélancolie.

Et comme nous étions arrivés devant la maison où le grand Mickey en peluche l'attendait, je l'ai serrée bien fort contre moi, je l'ai embrassée. Je l'ai regardée rentrer chez elle, refermer la porte derrière elle.

Ce n'était que partie remise. Ma demande, je la ferais le lendemain, le surlendemain.

On critique parfois la lenteur des services publics. On a tort. La mutation de Violette fut si rapide qu'elle n'eut même pas le temps de venir me dire au revoir.

J'y pense parfois, à Violette. Pas parfois. Souvent.

C'est un homme qui l'a remplacée. Un Pied-Noir tout frais rapatrié qui disait à qui voulait l'entendre que « comparé aux vins d'Algérie, le vouvray pétillant c'était kif-kif de la limonade ». Ce qui fit que, très vite, les gens préfèrent aller porter leur courrier et téléphoner à Maupoincy ou à Amboise plutôt que de devoir affronter ce goujat.

L'hiver s'en vint.

De nouveaux pensionnaires s'en vinrent aussi.

Des gens qui n'avaient eu vent ni de l'incendie du château ni de ses tristes suites et des « scandales » s'y rattachant, nous donnèrent des chiens à garder pendant la durée de leur séjour à Zermat, Megève ou Avoriaz. Enfin, là où ils skiaient. Les nouveaux arrivants se nommaient Kiki, Gazelle, Matoufou, Plaf, Rougeaud, Miss La Houpette, Nana, Ninie, Pomme, Olga, Champion et étaient levrette, griffon, épagneul, basset bleu de Gascogne, chow-chow, bull-terrier, caniche nain, doberman.

Avec eux, un peu d'argent nous arriva. De quoi régler le boucher, la boulangerie, la fermière qui nous livrait nos trois seaux de lait quotidiens. De quoi permettre à Simone d'acheter des kilos de laine pour tricoter de confortables vestes, de confortables chaussettes et des moufles pour elle et pour moi. Elle n'avait aucune disposition pour le tricot. Mais la laine, surtout si elle est un peu angora, c'est chaud.

Car il fut rude, cet hiver-là.

Et pas très folichon quand j'y repense.

De Majeunot et du peintre partis pour Saint-Pierre-et-Miquelon peu après les vendanges, nous n'eûmes de nouvelles qu'à la Noël. Suite à une « inexplicable défaillance mécanique », la caravane Volkswagen jaune citron avait heurté un pylône électrique et c'est d'un hôpital du Havre — où il venait tout juste de retrouver l'usage de la main gauche (d'où la déconcertante calligraphie) — que Majeunot m'écrivait. Cloué sur son lit dans une salle commune au rez-de-chaussée, il n'avait de nouvelles du peintre inconnu, immobilisé, lui, dans une salle commune au second étage, que par le truchement d'une infirmière de nuit « un peu moins garce que celles de jour ». A en juger par sa lettre, il semblait cafardeux, l'ami Majeunot. Il espérait être de retour au printemps « si tout se déroulait aussi bien que prévu ». Il me priait de lui répondre vite et beaucoup, de bien lui raconter tout, surtout les chiens. Le plus intrigant et émouvant, c'était le post-scriptum de sa lettre : « On dit que les ivrognes voient double. C'est faux. Mais ce qui est certain, c'est que, quand on ne boit pas, on ne voit que la moitié des choses et que, cette moitié-là, c'est la plus moche ».

Je lui expédiai le jour-même une lettre de huit pages et, le jour suivant, une bouteille d'eau de Cologne très soigneusement emballée et remplie du meilleur vouvray.

Envoi qui me valut par retour du courrier un télégramme avec ce seul mot : « ENCORE ».

Les vignerons amis de Majeunot (et ils l'étaient tous) aidant, il put, très rapidement revoir, de son lit d'hôpital, les deux moitiés des choses.

Cet hiver-là, je vis surtout Charles. Un Charles gonflé à bloc et nageant comme un poisson dans l'eau bourbeuse de mes affaires, un Charles d'autant plus d'attaque et confiant que les perfidies de maître Palissandre et de maître Monge ne faisaient que croître et embellir.

Charles savait de source sûre que les deux infâmes personnages étaient tombés d'accord pour me plumer. Me plumer comment ? C'était enfantin : maître Palissandre reconnaissait que le château n'avait jamais été muni d'un paratonnerre. Donc La Bienveillante n'avait rien à me verser. Ceci étant réglé, et une politesse en valant une autre, La Bienveillante achetait le château sans en discuter le prix. Un bon prix. Un nombre suffocant de millions de francs lourds qui rapporteraient à La Bienveillante un nombre encore plus suffocant de millions de francs non moins lourds. Parce que La Bienveillante s'occupait aussi d'Immobilier.

— Mais enfin, Charles, il n'est pas à vendre mon château !

— Il l'est, Julien. Tu ne le sais pas, mais il l'est. Je peux même te dire que des architectes sont déjà en train de mitonner les plans d'un village « top standing » qui s'élèvera ici, une fois rasé ce qui reste du château. Ils prévoient quarante villas d'époque avec chacune son mini-jardin à la française et, bien sûr, tout le confort moderne.

— Ils espèrent quoi, ces salauds ?

— Ils espèrent que, ruiné, tu seras enchanté de tirer un bon prix de tes ruines.

— Ruiné ? Ruiné ! Je ne le suis pas encore. Une supposition que ça se remette à marcher ? J'ai déjà de nouveaux pensionnaires. L'argent recommence à rentrer. Ce n'est pas encore le pactole. Mais avec un peu de chance, à la belle saison...

— D'ici la belle saison, tu pourrais avoir de très fortes sommes à payer, Julien. Les dommages et intérêts que réclament les maîtres du chien infirme, pour commencer.

— Ce pauvre vieux Topinambour...

— L'avocat de son maître m'a dit qu'il demanderait trois cent mille francs et qu'il les obtiendrait. Il y a aussi le maître de la levrette.

— Desdémone ?

— C'est ça : les maîtres de Desdémone. Leur cause est plutôt vaseuse. Ils t'attaquent parce que leur chienne est devenue « mal élevée » durant son séjour chez toi. Ils ont des témoins, une brochette de guignols au-dessus de tout soupçon, prêts à déclarer sur l'honneur que cette innocente créature ne fait ses saletés sur les tapis que depuis qu'elle a été en pension chez toi. C'est vaseux. Très vaseux. Mais leur avocat a fait acquitter tellement de coupables notoirement coupables que je me méfie. Il y a encore cette dame qui affirme que tu lui as rendu une chienne à la place d'un chien. Une personne payée par Palissandre, j'en donnerais ma tête à couper. Mais comment le prouver ?

— Moralité ?

— Je serais un avocat chevronné, je dirais : on abandonne. Mais je ne suis qu'un modeste apprenti doublé d'un idéaliste qui croit que le moment est proche où cette civilisation tout entière vouée au culte du profit va s'écrouler. Alors je dis : confiance.

— Tu crois que tu me sortiras de ce pétrin, Charles ?

— Je crois, Julien, que si cette délicieuse Simone nous confectionnait une grande omelette, je trouverais ça épatant !

Et nous mangions de l'omelette. Au lard, au fromage, aux champignons. Il nous arriva même d'en manger au rhum. Parce que c'était Noël ou la Saint-Sylvestre.

Et l'hiver — bien que rude — suivait benoîtement son cours.

A l'heure des premiers bourgeons, les premières assignations à comparaître firent leur apparition et je devins bientôt un familier du Tribunal de Tours où Charles se révéla un avocat désastreux.

A l'issue d'un nombre conséquent d'interminables et lénifiantes comparutions, je fus condamné à verser cinq mille francs (nouveaux) aux maîtres de Desdémone (somme exorbitante pour quelques pipis mal placés), dix mille francs (nouveaux) à la menteuse qui disait que je lui avais changé son chien en chienne et trois cent mille francs (nouveaux) aux maîtres de Topinambour. Sans oublier les frais, droits de timbres et autres (comme aurait dit le maire de Noisilles).

C'était catastrophique. Mais pas étonnant si l'on se donnait la peine de penser que mon ami Charles avait jugé intelligent de traiter le Président de « valet du capitalisme » et de « nostalgique du nazisme » lors de sa déposition relative à l'affaire Desdémone, de chanter à la barre les trois premiers couplets de l'Internationale au cours d'une des séances du procès que m'intentait la menteuse qui avait changé un chien en chienne et de gifler le greffier pendant la récapitulation des faits de l'affaire Topinambour.

Charles était un ami délicieux. Mais quel piètre avocat! Défendue par lui, Jeanne d'Arc aurait été brûlée vive au moins deux fois et, s'il s'était mêlé fût-ce cinq petites minutes de l'Affaire que vous savez, Dreyfus serait encore à croupir à l'île du Diable.

Quand arriva Pâques, j'avais perdu trois procès et un ami. Car, clamant bien haut que le mot Justice n'avait plus cours en France, Charles partit pour une minuscule et nouvelle république africaine enseigner le métier d'avocat à une Jeunesse avide de s'instruire.

Et son départ me peina. Sincèrement. Parce que trois procès perdus par sa faute ne pouvaient me faire oublier tant et tant d'omelettes partagées et cette confiance inébranlable (et contagieuse) que Charles avait conservée jusqu'au dernier instant.

Charles était parti sur un autre continent.

Violette, je n'ai jamais su où.

Il n'y avait plus que Simone, les chiens et les hommes d'affaires.

Des messieurs à voitures de ministres qui venaient pour mettre au point avec moi les ultimes modalités. Car nous en étions arrivés à ce stade. J'étais plus que ruiné et les salauds me tenaient à leur merci. Salauds ou pas, force est de reconnaître que les Palissandre, Monge et autres avocats de la vieille école connaissaient incomparablement mieux la musique que l'ami Charles. Ils me plumaient, c'est entendu, mais ils me plumaient tout en me donnant de quoi régler toutes mes dettes, de quoi faire à Jeanne un coquet cadeau de rupture et de quoi me recaser ailleurs. Pas de question : avec le prix des décombres du château déjà bien chancelant de la cousine Aurore, je pouvais, si le cœur m'en disait, ouvrir ailleurs une pension pour chiens ultra-smart. Où ? Les hommes d'affaires téléguidés par La Bienveillante se faisaient fort de me trouver l'endroit rêvé.

Les événements prenaient une décidément curieuse tournure. Jeanne, qui vint un jour avec les hommes d'affaires, fut charmante. Après m'avoir embrassé sur les deux joues sans même remarquer que « ça piquait », elle s'assit, sans faire de manières, dans la cuisine et me parla, sans nul éclat de voix, de notre divorce qui serait prononcé sous peu et de ses projets.

Elle envisageait de se remettre aux études. A son âge, oui. Elle allait sans doute partir en Amérique. A Berkeley. Pour décrocher un diplôme de...

Ça m'est sorti de la tête.

Bien des choses et bien des gens me sont sortis de la tête.

Mais pas monsieur Plaisant.

« Monsieur Plaisant, historien par amour de la vérité » comme il aimait à dire. Monsieur Plaisant qui surgit dans l'étude de maître Letousseur (notaire à Noisilles) le jour de la signature de l'acte de vente du château.

Un drôle de corps, ce monsieur Plaisant. Placé à côté d'un nain, il n'aurait pas paru grand. Il avait des lunettes à quadruple foyer, une moustache blanche jaunie d'un côté par des centaines de milliers de Gauloises, des morceaux de papiers couverts de notes et des crayons à bille (pas forcément recapuchonnés et donc bavant leur encre) dans toutes ses poches. Il postillonnait volontiers. Et il était très vite ennuyeux pour qui n'avait pas, comme lui, le culte de François Ier. Car l'Histoire (de France et d'ailleurs) n'était vraiment grandiose, importante, déterminante et digne d'intérêt à ses yeux que durant les années que François Ier avait illuminées de sa présence. Louis XIV, Napoléon, Attila, Clémenceau, Alexandre le Grand et Vittorio Emanuele III, il s'en fichait comme d'autant de guignes, monsieur Plaisant. A la rigueur, il voulait bien faire l'aumône d'un semblant d'intérêt à tel autre monarque ou à telle belle dame de la Renaissance. Mais c'était uniquement parce qu'ils avaient guerroyé ou batifolé avec le chouchou de monsieur Plaisant. En quarante-sept années de recherches incessantes, monsieur Plaisant était parvenu à savoir presque tout sur son Roi. Tout sur ses guerres, bien sûr, sur ses actes politiques, ses idées, ses voyages, ses dépenses, ses revenus, ses marottes. Il avait établi une liste (que ses correspondants étrangers voulaient bien tenir pour exhaustive) des maladies de François Ier, de sa première petite indigestion de lait « au téton » jusqu'au mal cruel qui devait l'emporter.

Sans oublier tous les désagréments, bobos, malaises et infections inavouables que cette admirable figure n'avait pas manqué de récolter auprès des personnes du sexe. Parce que monsieur Plaisant savait tout tout tout (horribles détails inclus) de la vie galante du roi François. Y compris des choses qu'il était seul au monde à savoir. Il savait, par exemple (et de source secrète mais on ne peut plus sûre) que le roi François avait passé une nuit dans mon château. Oui messieurs. En mille cinq cent vingt-six. La nuit du douze au treize juin mille cinq cent vingt-six. Une nuit chaude, ça ne faisait pas l'ombre d'un doute. Avec une petite baronne ou comtesse encore non identifiée. Mais monsieur Plaisant finirait bien par savoir.

En attendant, il s'activait très fort pour que soit perpétuée partout où il convenait la mémoire de son souverain préféré. Pour lui, tout lieu où le roi qui l'intéressait avait séjourné, dormi, mangé, bu une chope de vin du pays ou même simplement mais royalement uriné contre un arbre, se devait d'être protégé des injures du temps et signalé à l'attention — forcément admirative — des populations. C'était lui, monsieur Plaisant, qui avait correspondu jadis avec ma défunte cousine pour recueillir les éléments nécessaires à l'établissement d'une demande visant à faire classer le château par les Monuments Historiques. Entreprise délicate. Car l'Administration, n'est-ce pas... Mais monsieur Plaisant était un obstiné, un tenace. Ça lui avait pris près de sept ans, mais c'était réglé. Harcelé par ce doux (mais insupportable) gâteux, le Ministre des Beaux Arts avait fini par céder.

C'était fait. C'était officiel.

Le château était classé !

A ces mots, Palissandre, Monge, les hommes d'affaires et maître Letousseur poussèrent d'un même élan un effroyable cri d'horreur.

Et pour cause : classé, le château ne pouvait plus être rasé.

Torpillé le projet de construction du village « top standing » !

Monsieur Plaisant échappa de justesse au lynchage.

Pour le réconforter, je lui offris une eau gazeuse au Café de la Mairie.

Grâce à lui je conservais mon château.

Et, ne touchant pas un centime, j'étais perdu, fichu.

Je ne parlais plus.

Ni aux chiens, qui trouvaient ça louche mais ne le laissaient pas voir, ni à Simone, que ça rendait furieusement loquace.

— C'est pas compliqué, un jour que j'en aurai ma claque de vous entendre rien dire, eh bien je partirai. Je vous laisserai tout seul avec ces pauvres bêtes qui dépérissent parce que votre silence les mine elles aussi. Je partirai. Et vous savez ce qui vous arrivera, monsieur Julien ? Il vous arrivera que vous tournerez clochard. Que vous finirez sur ce tas de ruines pire que Job sur son tas de fumier. Déjà que vous ne vous rasez plus, ne vous peignez plus... Mais répondez-moi donc. Hurlez-moi dessus. Ne me laissez pas vous parler comme ça sans répliquer. Ça n'a aucun bon sens de se laisser houspiller par son personnel. Aucun bon sens. Je ne suis que votre employée après tout. Vous auriez deux sous, même pas deux, un sou de jugeote, vous savez ce que vous feriez ? Vous me mettriez à la porte avant que je m'en aille de moi-même. Pour au moins sauver la face. Notez que je sais que vous savez bien que je m'en irai d'autant moins que vous avez de plus en plus d'ennuis. Mais si je criais pas une fois de temps en temps, on finirait par ne plus entendre que des aboiements. Et c'est sûrement pas sain. Et c'est pas sain non plus que vous vous rongiez les sangs comme vous le faites. Tous ces huissiers qui n'en finissent pas de venir vous apporter des mises en demeure, d'accord avec vous, c'est pas rigolo rigolo. D'accord avec vous, vous avez trente millions et plus à payer et rien en caisse. D'accord avec vous, on est au fond du trou. Mais je ne peux pas m'empêcher de penser à ce qu'il a dit, ce bon M. Majeunot, un soir où l'on était déjà bien bas. Vous vous souvenez pas ? Il a dit quelque chose comme : « Vous avez peut-être des tas d'ennuis, Julien, mais vous n'avez pas de moustiques. »

C'était vrai que ce bon monsieur Majeunot nous avait réchauffé le cœur en nous parlant moustiques un soir de débâcle. Mais il n'était toujours pas de retour, Majeunot. Il m'écrivait de petites lettres truffées de saines drôleries et de paroles réconfortantes, en réponse à mes longues lettres ruisselantes de désespoir. Mais une lettre, ce n'est jamais que du papier qui, au mieux, finit dans un tiroir. Et nous n'en avions plus qu'un, de tiroir, et il était plein à craquer de commandements, sommations, avertissements, derniers avertissements « et autres ».

C'était vrai que je devenais invivable pour Simone et le peu de chiens qui avaient à subir ma terrible humeur. Les nôtres : le mâtin Médor qui ne comprenait pas pourquoi je lui donnais du bâton chaque fois qu'il mordait un huissier, les bichons qui déclinaient sec, surtout Béarn, Moustachu qui était douloureusement surpris de voir ses enfants adoptifs devenir plus grands, plus rapides et plus forts que lui, le cocker Ubu qui, sitôt qu'il entendait un bruit ressemblant à un coup de fusil se roulait en boule et se bouchait les oreilles avec les pattes. Et les chiens pensionnaires qui nous permettaient de survivre : un labrador tellement huppé et si souvent primé qu'il préférait dormir seul au pied d'un arbre plutôt que de partager le dortoir d'animaux aux pedigrees misérables ou même sans pedigree du tout, un couple de colleys pleurnichoux, un épagneul breton — Pirouette — qui était somnambule et faisait peur aux chouettes, un beauceron qui se fit piquer par une guêpe, Microbe, le plus bruyant et hargneux roquet que la terre ait porté. Il se fit écraser par le camion du boucher, ce bêta. Et ses maîtres — qui voulaient le faire empailler — exigèrent que je le leur expédie en colis express.

Drôles de gens.

Sale époque.

Et il est revenu, Majeunot.

En taxi. Avec pas mal de rides en plus, pas mal de cheveux en moins, une patte folle, plus que trois doigts à la main droite et, c'était plus fort que lui, un moral du tonnerre.

Il avait vieilli de dix ans en moins d'une année mais son rire avait rajeuni. Car il a ri en nous retrouvant tellement amaigris, mal vêtus, ravagés, crottés, tellement pas gais. Il a ri. Il a embrassé Simone, il m'a embrassé, il a embrassé tous les chiens qui ont bien voulu. Puis a sorti de la poche de son imperméable une énorme enveloppe et il me l'a tendue :

— Tenez Julien. Voilà pour vous.

— Voilà quoi ?

— Voilà le fruit de mes pensées. A l'hôpital, on n'a que deux choses à faire : souffrir et faire travailler ses méninges. Comme souffrir, ça ne m'amuse pas, j'ai surtout pensé. Pensé le jour, pensé la nuit, pensé pendant que des infirmières à têtes de geôlières me bourraient de cachets par le haut et de suppositoires par le bas, pensé pendant que des grands patrons pontifiants expliquaient à des carabins qui s'en foutaient éperdument pourquoi et comment le scrofuleux ou le paquet d'os de tel ou tel lit ne passerait pas la nuit, pensé pendant que je mangeais des purées tiédasses et sans beurre et d'immangeables ragougnasses qui étaient censées me « redonner force et santé », pensé pendant qu'on m'auscultait, me pansait, me triturait, me charcutait. Pensé aussi pendant que je savourais, tranquillement, la tête sous les draps, ces litres et ces litres d'eau de Cologne dont vous et tous les braves gens d'ici m'ont abreuvé sans mégoter. J'ai pensé à quoi ? A vous, Julien, à vos ennuis. J'ai pensé à moi, au peu d'années qu'il me reste à vivre. Inutile de lever les yeux au ciel. Je sais suffisamment compter pour savoir que, même pour faire de vieux os, il ne me faudra plus beaucoup de temps. Bref : je suis un mort en sursis, vous êtes un vivant dans les soucis. Mais, à force d'y penser et d'y repenser, la solution à vos problèmes et aux miens, je l'ai trouvée. Elle est dans cette enveloppe.

L'enveloppe, il me l'a fourrée de force dans les mains. Je l'ai ouverte. Elle était bourrée de billets de banque. De gros billets.

— C'est quoi cet argent ?

— C'est l'argent que votre associé place dans votre affaire. Oui : votre associé. A condition qu'un associé soiffard, bavard et boitillard ne vous rebute pas trop. Vous n'êtes pas sans savoir par ailleurs que j'ai de solides références : un diplôme de vétérinaire, une vie d'expérience...

— Cet argent, il vient d'où ?

— Là n'est pas la question. La question, la seule question c'est : Julien, voulez-vous de moi comme associé ?

— Vous savez bien que ça serait oui, cent fois oui. Mais...

— Mais quoi, bon sang de bois ? Votre pension pour chiens, j'y crois, j'y ai toujours cru. Comme je crois en vous, Julien. Alors ? Je vais vous laisser faire cadeau de ce château à l'État en échange des dettes que vous ne pourrez jamais payer ? Certainement pas. Vous voulez savoir d'où sortent ces billets ? Ce n'est pas sorcier. Ça fait des semaines que je suis en correspondance avec maître Letousseur. Des semaines que je l'ai chargé de vendre ma maison.

— Ce n'est pas vrai ? Vous ne voulez pas dire que... ?

— Si, Julien. Et ce n'est pas pour vos beaux yeux que j'ai fait ça. Ni pour le plaisir de faire ce qu'on appelle un beau geste. J'ai bazardé ma maison, mes meubles, tout, parce que, sur mon maudit lit d'hôpital, j'ai découvert que la chose que je redoutais le plus, c'était de crever tout seul dans mon coin. Oui Julien. Crever pour crever, je préfère faire ça en joyeuse compagnie, dans le château d'un autre, que seul et sans gaieté, dans une maison à moi. Maître Letousseur a très bien vendu. Il y a de quoi régler vos maudites dettes, de quoi faire faire quelques travaux par ces bougres de Tchèques dont je n'ai jamais su prononcer le nom, de quoi m'installer une belle salle de consultation. Alors...

Une nuit, Béarn est parti comme on s'endort. Je lui tenais la patte pendant que Majeunot le piquait. Il a fermé les yeux, ouvert la gueule et... adieu ! Peut-être qu'il est maintenant à la droite de la cousine Aurore. Valois s'est écroulé, d'un bloc, lui, pendant la promenade. C'était en été. J'ai emprunté une pelle à un paysan qui était dans son champ et j'ai enterré Valois là où il s'était écroulé. Et les chiens, tous les chiens m'ont regardé faire. En silence.

Ils étaient bien quarante.

C'est qu'il en arrivait de partout, des chiens. La renommée de mon « associé » avait fait accourir des nuées de mères à chiens et de pères à chiens. En plus des pensionnaires simples, nous accueillions des convalescents. Car Majeunot opérait. Même qu'il avait une assistante. Nicole, une jeunesse de Tours très gracieuse, très menue, très blonde, qui, quand elle n'était pas aux côtés de Majeunot, nous donnait d'indispensables coups de main à Simone et à moi. A Simone qui avait enfin quelques robes à sa taille et qui perdait chaque jour un peu de son côté grande-grosse fille de la campagne. A moi qui pensais chaque jour un peu plus que Dieu avait eu tout à fait raison de créer un monde et de le peupler d'hommes, de chiens « et autres ».

J'étais heureux. Ça fait peut-être un peu plouc, un peu pas malin de dire ça. Mais j'étais heureux.

Heureux de vivre à l'ombre, non plus d'un château mais d'une belle façade de château à peine noircie par les flammes. Car elle tient toujours debout. Et pour cause ; après l'avoir classée, les Monuments Historiques l'avaient fait étayer. A leurs frais. Heureux qu'il y ait un printemps, un été, un automne et un hiver. Un printemps pour regarder de petites choses de rien du tout sortir de la terre. Un été pour me gaver de soleil, de cerises, de mûres, pour aller patauger dans la Brenne avec les chiens. Un automne pour regarder tomber les feuilles. Vous dire à quel point j'étais devenu un autre homme : je pouvais m'asseoir sur une pierre et regarder tomber les feuilles pendant des heures. Comme, avant, je regardais des cow-boys et des Indiens ou des Martiens et des Terriens s'entre-tuer sur des écrans. L'hiver, c'était très bien aussi. On sortait moins. On s'offrait des ventrées de châtaignes grillées (dans la cheminée de ce qui avait été un salon et que les Tchèques avaient à peu près reconstitué), on buvait du vin chaud. Les filles et moi un peu. Majeunot des litres et des litres. Et il nous racontait tout ce qu'il avait vu. La terre entière, en fait. A l'exception bien sûr de Saint-Pierre-et-Miquelon.

A Saint-Pierre-et-Miquelon, le peintre inconnu avait

fini par y arriver. Il nous expédia de là-bas une carte postale représentant une sorte de hangar vraiment sans intérêt au dos de laquelle il n'avait rien écrit mais seulement peint un chien du cru. Sûrement tout à fait ressemblant.

Nous avons eu des nouvelles du bichon Orléans aussi. Peu de temps après la mort de la Colonelle Fourchy, cette dame de Noisilles qui avait fait sa communion en même temps que la cousine Aurore et qui m'avait confié (presque de force) mon premier pensionnaire Trompette, le schnauzer. Ce fameux Trompette dont Orléans était tombé fou. Depuis la nuit de l'orage, il vivait dans la cave de la Colonelle Fourchy, Orléans. Caché de tous et nourri en cachette par Trompette.

Nous avons même eu des nouvelles du quatrième des bébés caniches de Sidonie. Bien sinistres, ces nouvelles. Un vigneron a retrouvé son squelette dans un arbre creux. Majeunot a dit qu'il avait dû mourir de peur, la nuit de l'orage.

Les trois autres caniches snobaient si bien Moustachu que le malheureux décida de se laisser mourir de faim. Il fallut passer des matinées à le nourrir à la cuillère. De force. A la fin, exaspéré, Majeunot lui injecta une telle quantité d'unités de vitamines B 12 que Moustachu, ne sentant plus sa force, nous échappa et fila jusqu'à la charcuterie de Noisilles pour y chiper un chapelet de saucisses. Ce qui lui valut une raclée qui lui causa plus de surprise que de douleur. De moi, il n'attendait que des bontés, Moustachu.

Puis il devint vieux lui aussi. Il perdit ses dents et l'habitude qu'il avait de courir après les poules, les papillons, de faire le fou. Il se mit à n'aimer plus rien d'autre que demeurer vautré aussi près que possible de la grande cheminée. Même quand le feu n'était pas allumé.

Pourquoi c'est si court, une vie de chien ?

Je sais bien, on finit par le savoir mieux qu'ailleurs quand on vit à la campagne, que tout se métamorphose sans cesse. Et qu'il est tout à fait naturel que les chiens vivants, les oiseaux vivants, les chevaux vivants et les hommes vivants se métamorphosent un jour en chiens, oiseaux, chevaux et hommes morts.

On le sait. De là à ne pas râler comme un pou à la pensée que, pour que Médor puisse continuer à jouer les sentinelles, il a fallu lui construire une niche parce que ses vieux os ne supportent plus le vent ni la pluie... Que si l'ex-redoutable chasseur Ubu ne tournicote pas autour de l'affriolante petite caniche qui vient d'arriver, c'est tout simplement parce qu'il n'en a plus l'âge...

Un bonhomme, même fumant ses deux paquets de gris et toujours le nez dans ses tonneaux comme pas mal de bonshommes d'ici, peut devenir centenaire. Un chien, non.

C'est ça le plus terrible, dans le métier que je fais. Parce que les chiens, mes chiens, quel qu'en soit le nombre, quelle que soit la durée de leur séjour au château, je m'attache à eux. Même ce bêta de vilain roquet qui n'a pas volé de se faire écraser, je l'ai pleuré. Je m'y attache et, surtout, je ne me lasse pas de les voir faire. Faire leurs petites ou grandes singeries. De les voir s'affronter, se détester, s'aimer, avec sauvagerie ou en reculant à l'extrême les limites de la galanterie, marivauder, danser la danse de la séduction (tellement plus simplement et plus cocassement que les prétentieux animaux exotiques des films documentaires tournés dans des îles si lointaines que seuls des cinéastes y mettent les pieds), faire leur cour, se humer, flirter, cacher leurs os, être gais ou tristes. Car ils sont comme les humains, les chiens. Gais et tristes.

Nous avons eu une chienne mélancolique, Sylvie. Ses yeux s'embuaient de larmes dès que le soleil se couchait et il suffisait de siffler quelques mesures de « Saint Louis Blues » pour qu'elle pleure de vraies larmes. C'était une jeune whippet, belle comme le jour. Majeunot essaya sur elle un traitement à base de Vouvray pétillant. Elle adorait boire. Mais elle avait, nous l'avons vite constaté, le vin encore plus triste qu'elle-même. Ne supportant plus de la voir dans cet état, je l'ai fait couvrir par un lévrier très beau lui aussi. C'était comme qui dirait un crime « racial » et je courais le risque de voir les maîtres de Sylvie me faire bien des ennuis. Tant pis. Je les ai présentés, fiancés, mariés, Sylvie et le lévrier. Et le résultat de cette entreprise a été on ne peut plus positif. Sitôt grosse, Sylvie a commencé à voir la vie d'un autre œil. Que le soleil se couche ou pas la laissait tout à fait froide. On pouvait lui siffler « Saint Louis Blues » en entier et même des airs plus déchirants encore, ses yeux restaient secs. Et elle accoucha, avec quelle joie, de sept chiots sublimes. A peine plus grands que mon pouce, dorés comme des beignets, fragiles, malhabiles...

Et Sylvie n'en finissait pas de gémir de plaisir. Elle était sauvée.

Nous, nous étions émerveillés.

Bref, nous étions là à contempler ces chiots tout neufs, tout humides encore et je ne sais pas ce qui m'a pris, j'ai saisi la main de Simone et je l'ai serrée très fort. Et, lui tenant toujours la main, je l'ai entraînée dans la nuit.

Allez savoir pourquoi je l'avais toujours crue laide ? C'est une fille de la campagne. Toujours souriante. Jamais maquillée et s'en passant bien. Une fille grande, à la poitrine lourde, aux pieds bien posés sur terre, comme l'étaient à coup sûr les déesses antiques. Une fille comprenant et aimant les chiens. Et, ça va de pair, aimant et comprenant les hommes. Quand je lui ai pris la main, je n'avais pas été un seul jour sans la voir depuis des années et des années et je ne savais même pas que ses yeux étaient bleus. Bleu porcelaine. J'ai aussi attendu le jour de la naissance des petits de Sylvie pour découvrir qu'elle avait les lèvres fraîches et parfumées. Des lèvres qui sentent la rosée.

Je ne lui ai pas dit que je l'aimais ni aucune fadaise de ce goût-là. Je ne lui ai pas plus parlé mariage. Je ne savais toujours pas. Mais quand elle m'a dit que ça serait bien qu'on se marie à l'église de Noisilles, j'ai tout de suite répondu que ça me semblait une sacrément bonne idée.

Le soir, nous avons annoncé nos fiançailles à Majeunot. Il en a profité pour prendre la plus belle cuite de sa vie. Cinq bouteilles de maupoincy, qu'il a bues à lui tout seul. Et il est monté sur la table. Et il a imité les cris de tous les animaux avec qui il avait eu le plaisir de converser au cours de sa carrière. Il a ululé, feulé, clabaudé, couiné, rugi, lamenté, jaboté, rauqué, chicoté, glati, trompété, blatéré, barri, cacabé, margoté, bêlé, stridulé, trissé et même gnougnouté (comme le faisait un petit serpent qu'il avait trouvé dans une de ses bottes sous sa tente au Laos) puis il s'est écroulé pour dormir douze heures avec la nappe en guise de drap.

Il nous a fait un bien bizarre cadeau de noces, ce vieux fou de Majeunot : une chatte, une chatte que nous avons baptisée Lucie. Une gouttière légère comme une plume farceuse et tenant les chiens, qu'elle fascine, en très grand mépris.

Simone me tutoie, bien sûr. Mais il lui arrive encore de m'appeler monsieur Julien. Nous sommes très bien ensemble.

J'ai dans l'idée que nous n'aurons jamais d'enfants, que les chiens et la chatte (Lucie) qui dort près de la cheminée, sur le ventre de Moustachu qui n'ose pas remuer de crainte de la réveiller suffisent à notre bonheur.

Bonheur ! Je vais encore avoir l'air d'un niais à employer ce mot là.

Tant pis. Ça fait assez longtemps maintenant que tout va bien au château et que tout laisse supposer que ça va continuer très très longtemps encore, pour que le mot bonheur me vienne aux lèvres.

Bien sûr, aujourd'hui, il est un peu en veilleuse notre bonheur.

Ce matin nous avons conduit Majeunot au cimetière de Noisilles. Pas une trop méchante mort. La vieillesse. Il avait quatre-vingt-six ans et une vie tout à fait réussie. Avant de pousser son dernier soupir, il a eu le temps de me communiquer la recette d'une lotion infaillible contre la teigne et de porter un toast — au vouvray sec de l'année — aux anges qui allaient l'accueillir.

Quand le corbillard a quitté le château, avec juste Simone et moi pour le suivre, les chiens, tous les chiens nous ont emboîté le pas. Il y en avait près de cent.

Et les paysans qui ont vu passer ce curieux cortège funèbre se demandaient s'ils devaient pleurer ou rire.

Moi, j'ai fait les deux à la fois.

On est sur terre pour ça, non ?

DU MÊME AUTEUR

Théâtre :

GUERRE ET PAIX AU CAFÉ SNEFFLE (prix Lugné-Poe, prix « U » 1969) *(Gallimard).*

AU BAL DES CHIENS *(Gallimard).*

MADAME (Paris-Théâtre).

LUNDI, MONSIEUR, VOUS SEREZ RICHE (Paris-Théâtre).

LA NUIT DES DAUPHINS *(Gallimard).*

UN ROI QU'A DES MALHEURS *(L'Avant-Scène).*

LE DIVAN *(L'Avant-Scène).*

Romans :

LE BÉRET A GROUCHO *(Table Ronde).*

REVIENS, SULAMITE *(Table Ronde).*

VIOLETTE, JE T'AIME *(Julliard).*

POUR L'AMOUR DE FINETTE *(Ramsay/RTL Éditions).*

Essais :

LES GROS MOTS (Grand Prix de l'Académie de l'Humour 1973) *(Julliard).*

DÉPÊCHONS-NOUS POUR LES BONNES CHOSES *(Tchou).*

COLLECTION FOLIO

Dernières parutions

1351.	Stephen Crane	*La conquête du courage.*
1352.	Dostoïevski	*Les Nuits blanches. Le Sous-sol.*
1353.	Louis Pergaud	*De Goupil à Margot.*
1354.	Julio Cortázar	*Les gagnants.*
1355.	Philip Roth	*Ma vie d'homme.*
1356.	Chamfort	*Maximes et pensées. Caractères et anecdotes.*
1357.	Jacques de Lacutelle	*Le retour de Silbermann.*
1358.	Patrick Modiano	*Rue des Boutiques Obscures.*
1359.	Madeleine Chapsal	*Grands cris dans la nuit du couple.*
1360.	Honoré de Balzac	*Modeste Mignon.*
1361.	Pierre Mac Orlan	*Mademoiselle Bambù.*
1362.	Romain Gary (Émile Ajar)	*La vie devant soi.*
1363.	Raymond Queneau	*Exercices de style.*
1364.	Eschyle	*Tragédies.*
1365.	J. M. G. Le Clézio	*Mondo et autres histoires.*
1366.	Pierre Drieu la Rochelle	*La comédie de Charleroi.*
1367.	Romain Gary	*Clair de femme.*
1368.	Fritz Zorn	*Mars.*
1369.	Émile Zola	*Son Excellence Eugène Rougon.*
1370.	Henri Vincenot	*La billebaude.*
1371.	Carlos Fuentes	*La plus limpide région.*

1372.	Daniel Defoe	*Journal de l'Année de la Peste.*
1373.	Joseph Kessel	*Les cavaliers.*
1374.	Michel Mohrt	*Les moyens du bord.*
1375.	Jocelyne François	*Joue-nous « España ».*
1376.	Léon-Paul Fargue	*Le piéton de Paris*, suivi de *D'après Paris.*
1377.	Beaumarchais	*Le Barbier de Séville*, suivi de *Jean Bête à la foire.*
1378.	Damon Runyon	*Broadway, mon village.*
1379.	Jean Rhys	*Quatuor.*
1380.	Sigrid Undset	*La femme fidèle.*
1381.	Stendhal	*Le Rose et le Vert, Mina de Vanghel* et autres nouvelles.
1382.	Paul Morand	*Le Flagellant de Séville.*
1383.	Catherine Rihoit	*Le bal des débutantes.*
1384.	Dorothy Baker	*Le jeune homme à la trompette.*
1385.	Louis-Antoine de Bougainville	*Voyage autour du monde.*
1386.	Boileau/Narcejac	*Terminus.*
1387.	Sidney Sheldon	*Jennifer ou La fureur des anges.*
1388.	Damon Runyon	*Le complexe de Broadway.*
1389.	Guyette Lyr	*L'herbe des fous.*
1390.	Edith Wharton	*Chez les heureux du monde.*
1391.	Raymond Radiguet	*Le Diable au corps.*
1392.	Ivan Gontcharov	*Oblomov.*
1393.	Réjean Ducharme	*L'avalée des avalés.*
1394.	Giorgio Bassani	*Les lunettes d'or et autres histoires de Ferrare.*
1395.	Anita Loos	*Les hommes préfèrent les blondes.*
1396.	Anita Loos	*Mais ils épousent les brunes.*
1397.	Claude Brami	*Le garçon sur la colline.*
1398.	Horace Mac Coy	*J'aurais dû rester chez nous.*
1399.	Nicolas Leskov	*Lady Macbeth au village, L'Ange scellé, Le Vagabond enchanté, Le Chasse-Diable.*
1400.	Elio Vittorini	*Le Simplon fait un clin d'œil au Fréjus.*

1401. Michel Henry — *L'amour les yeux fermés.*
1402. François-Régis Bastide — *L'enchanteur et nous.*
1403. Joseph Conrad — *Lord Jim.*
1404. Jean de La Fontaine — *Contes et Nouvelles en vers.*
1405. Claude Roy — *Somme toute.*
1406. René Barjavel — *La charrette bleue.*
1407. Peter Handke — *L'angoisse du gardien de but au moment du penalty.*
1408. Émile Zola — *Pot-Bouille.*
1409. Michel de Saint Pierre — *Monsieur de Charette, chevalier du Roi.*
1410. Luigi Pirandello — *Vêtir ceux qui sont nus,* suivi de *Comme avant, mieux qu'avant.*
1411. Karen Blixen — *Contes d'hiver.*
1412. Jean Racine — *Théâtre complet,* tome I.
1413. Georges Perec — *Quel petit vélo à guidon chromé au fond de la cour ?*
1414. Guy de Maupassant — *Pierre et Jean.*
1415. Michel Tournier — *Gaspard, Melchior & Balthazar.*
1416. Ismaïl Kadaré — *Chronique de la ville de pierre.*
1417. Catherine Paysan — *L'empire du taureau.*
1418. Max Frisch — *Homo faber.*
1419. Alphonse Boudard — *Le banquet des Léopards.*
1420. Charles Nodier — *La Fée aux Miettes,* précédé de *Smarra* et de *Trilby.*
1421. Claire et Roger Quilliot — *L'homme sur le pavois.*
1422. Philip Roth — *Professeur de désir.*
1423. Michel Huriet — *La fiancée du roi.*
1424. Lanza del Vasto — *Vinôbâ ou Le nouveau pèlerinage.*
1425. William Styron — *Les confessions de Nat Turner.*
1426. Jean Anouilh — *Monsieur Barnett,* suivi de *L'orchestre.*
1427. Paul Gadenne — *L'invitation chez les Stirl.*
1428. Georges Simenon — *Les sept minutes.*
1429. D. H. Lawrence — *Les filles du pasteur.*
1430. Stendhal — *Souvenirs d'égotisme.*
1431. Yachar Kemal — *Terre de fer, ciel de cuivre.*

1432.	James M. Cain	*Assurance sur la mort.*
1433.	Anton Tchekhov	*Le Duel* et autres nouvelles.
1434.	Henri Bosco	*Le jardin d'Hyacinthe.*
1435.	Nathalie Sarraute	*L'usage de la parole.*
1436.	Joseph Conrad	*Un paria des îles.*
1437.	Émile Zola	*L'Œuvre.*
1438.	Georges Duhamel	*Le voyage de Patrice Périot.*
1439.	Jean Giraudoux	*Les contes d'un matin.*
1440.	Isaac Babel	*Cavalerie rouge.*
1441.	Honoré de Balzac	*La Maison du Chat-qui-pelote, Le Bal de Sceaux, La Vendetta, La Bourse.*
1442.	Guy de Pourtalès	*La vie de Franz Liszt.*
1443.	***	*Moi, Christiane F., 13 ans, droguée, prostituée...*
1444.	Robert Merle	*Malevil.*
1445.	Marcel Aymé	*Aller retour.*
1446.	Henry de Montherlant	*Celles qu'on prend dans ses bras.*
1447.	Panaït Istrati	*Présentation des haïdoucs.*
1448.	Catherine Hermary-Vieille	*Le grand vizir de la nuit.*
1449.	William Saroyan	*Papa, tu es fou !*
1450.	Guy de Maupassant	*Fort comme la mort.*
1451.	Jean Sulivan	*Devance tout adieu.*
1452.	Mary McCarthy	*Le Groupe.*
1453.	Ernest Renan	*Souvenirs d'enfance et de jeunesse.*
1454.	Jacques Perret	*Le vent dans les voiles.*
1455.	Yukio Mishima	*Confession d'un masque.*
1456.	Villiers de l'Isle-Adam	*Contes cruels.*
1457.	Jean Giono	*Angelo.*
1458.	Henry de Montherlant	*Le Songe.*
1459.	Heinrich Böll	*Le train était à l'heure* suivi de quatorze nouvelles.
1460.	Claude Michel Cluny	*Un jeune homme de Venise.*
1461.	Jorge Luis Borges	*Le livre de sable.*
1462.	Stendhal	*Lamiel.*
1463.	Fred Uhlman	*L'ami retrouvé.*
1464.	Henri Calet	*Le bouquet.*

1465. Anatole France — *La Vie en fleur.*
1466. Claire Etcherelli — *Un arbre voyageur.*
1467. Romain Gary — *Les cerfs-volants.*
1468. Rabindranath Tagore — *Le Vagabond et autres histoires.*
1469. Roger Nimier — *Les enfants tristes.*
1470. Jules Michelet — *La Mer.*
1471. Michel Déon — *La Carotte et le Bâton.*
1472. Pascal Lainé — *Tendres cousines.*
1473. Michel de Montaigne — *Journal de voyage.*
1474. Henri Vincenot — *Le pape des escargots.*
1475. James M. Cain — *Sérénade.*
1476. Raymond Radiguet — *Le Bal du comte d'Orgel.*
1477. Philip Roth — *Laisser courir,* tome I.
1478. Philip Roth — *Laisser courir,* tome II.
1479. Georges Brassens — *La mauvaise réputation.*
1480. William Golding — *Sa Majesté des Mouches.*
1481. Nella Bielski — *Deux oranges pour le fils d'Alexandre Lévy.*
1482. Pierre Gripari — *Pierrot la lune.*
1483. Pierre Mac Orlan — *A bord de L'Etoile Matutine.*
1484. Angus Wilson — *Les quarante ans de Mrs. Eliot.*
1485. Iouri Tynianov — *Le disgracié.*
1486. William Styron — *Un lit de ténèbres.*
1487. Edmond Rostand — *Cyrano de Bergerac.*
1488. Jean Dutourd — *Le demi-solde.*
1489. Joseph Kessel — *La passante du Sans-souci.*
1490. Paula Jacques — *Lumière de l'œil.*
1491. Zoé Oldenbourg — *Les cités charnelles ou L'histoire de Roger de Montbrun.*
1492. Gustave Flaubert — *La Tentation de saint Antoine.*
1493. Henri Thomas — *La vie ensemble.*
1494. Panaït Istrati — *Domnitza de Snagov.*
1495. Jean Racine — *Théâtre complet,* tome II.
1496. Jean Freustié — *L'héritage du vent.*
1497. Herman Melville — *Mardi.*
1498. Achim von Arnim — *Isabelle d'Egypte et autres récits.*
1499. William Saroyan — *Maman, je t'adore.*
1500. Claude Roy — *La traversée du Pont des Arts.*

1501.	***	*Les Quatre Fils Aymon ou Renaud de Montauban.*
1502.	Jean-Patrick Manchette	*Fatale.*
1503.	Gabriel Matzneff	*Ivre du vin perdu.*
1504.	Colette Audry	*Derrière la baignoire.*
1505.	Katherine Mansfield	*Journal.*
1506.	Anna Langfus	*Le sel et le soufre.*
1507.	Sempé	*Les musiciens.*
1508.	James Jones	*Ce plus grand amour.*
1509.	Charles-Louis Philippe	*La Mère et l'enfant. Le Père Perdrix.*
1510.	Jean Anouilh	*Chers Zoiseaux.*
1511.	Stevenson	*Dans les mers du Sud.*
1512.	Pa Kin	*Nuit glacée.*
1513.	Leonardo Sciascia	*Le Conseil d'Egypte.*
1514.	Dominique de Roux	*L'Harmonika-Zug.*
1515.	Marcel Aymé	*Le vin de Paris.*
1516.	George Orwell	*La ferme des animaux.*
1517.	Leonardo Sciascia	*A chacun son dû.*
1518.	Guillaume de Lorris et Jean de Meun	*Le Roman de la Rose.*
1519.	Jacques Chardonne	*Eva ou Le journal interrompu.*
1520.	Roald Dahl	*La grande entourloupe.*
1521.	Joseph Conrad	*Inquiétude.*
1522.	Arthur Gold et Robert Fizdale	*Misia.*
1523.	Honoré d'Urfé	*L'Astrée.*
1524.	Michel Déon	*Le Balcon de Spetsaï.*
1525.	Daniel Boulanger	*Le Téméraire.*
1526.	Herman Melville	*Taïpi.*
1527.	Beaumarchais	*Le Mariage de Figaro. La Mère coupable.*
1528.	Jean-Pierre Chabrol	*La folie des miens.*
1529.	Bohumil Hrabal	*Trains étroitement surveillés.*
1530.	Eric Ollivier	*L'orphelin de mer.*
1531.	William Faulkner	*Pylône.*
1532.	Claude Mauriac	*La marquise sortit à cinq heures.*
1533.	Alphonse Daudet	*Lettres de mon moulin.*

Impression Bussière à Saint-Amand (Cher),
le 13 février 1984.
Dépôt légal : février 1984.
Numéro d'imprimeur : 2078.

ISBN 2-07-037534-X. Imprimé en France.
Précédemment publié par les éditions Ramsay
ISBN 2-85956-312-1.

33056